U.S. Marines

Tome 4 : Jusqu'à la reddition

Arria Romano

U.S. MARINES

Tome 4 :

JUSQU'À LA REDDITION

Arria Romano

www.soromance.com

Chapitre 1

Un mois plus tard

Keir se sentait aussi soupe au lait que pouvait l'être une femme enceinte, du moins se l'imaginait-il.

Après un séjour bref en Irak, le voici de nouveau expédié en Afghanistan, dans les quartiers des FORECON, que Hudson venait de rejoindre dans la matinée. Depuis leur altercation à Parris Island, leurs dialogues ne se limitaient plus qu'à des transmissions laconiques et protocolaires. C'était d'un ennui mortel.

Keir savait que son ami continuerait à se comporter comme un simple supérieur hiérarchique tant qu'il n'aurait pas présenté ses excuses à Scarlett, son chouchou. Il l'approuvait d'un côté, mais ne supportait pas d'être la victime de sa froideur intraitable.

— Tu comptes me faire la gueule encore longtemps ? attaqua soudain Keir à l'adresse de Hudson, affairé à rédiger un mail à Livia.

Les bruits du clavier continuèrent à résonner au milieu de sa chambre de major, qu'il allait désormais occuper seul contrairement à leurs missions précédentes. Il était loin le temps où ils partageaient d'égal à égal leur territoire de capitaines.

Appuyé contre le chambranle de la porte, Keir soupira bruyamment, sans bouger pour autant. Les bras croisés contre sa poitrine, il continuait de l'épier. Ce ne fut qu'au bout d'une longue minute que Hudson cessa de dactylographier son message et daigna enfin lever ses yeux perçants vers lui.

— Je ne fréquente pas les petits cons de votre espèce, capitaine Dalglish, lança-t-il sur un ton mordant. Maintenant, veuillez vaquer à vos occupations et me laisser tranquille.

— Sérieusement, Rowe ? Tu comptes abuser de ton grade pour me faire la morale ? Et arrête avec ton putain de vouvoiement ! Je te signale qu'on est des frères !

Hudson soupira à son tour, las.

— Il fallait y réfléchir à deux fois avant de jouer avec Scarlett pour ensuite la jeter comme une vulgaire salope. En toute sincérité, tu pensais que je l'aurais pris comment ? Tu sais que je la considère comme ma petite sœur !

— Je ne l'ai pas jetée comme une vulgaire salope. Je passe toujours pour le méchant de service, mais je te signale qu'elle était bien d'accord de coucher avec moi. C'est elle qui ne s'est pas montrée honnête en tombant enceinte. Ce n'était pas prévu ! Je ne veux pas de gosse. Point barre.

— Scarlett n'a pas fait exprès de tomber enceinte.

— Et pourquoi elle refuse d'avorter alors ?

— Parce que maintenant qu'elle l'attend, elle le veut cet enfant, même s'il est de toi !

Keir tiqua et se redressa pour donner plus de rectitude à sa posture.

— Cette nouvelle a sonné comme une mise aux arrêts pour moi. Tu le sais, Rowe, je n'ai jamais voulu que ça arrive. Elle n'a pas le droit de m'imposer ça !

— Vraiment ? Pourquoi vous couchiez ensemble sans préservatif dans ce cas ?

— Il y avait la pilule.

— Tes anciennes maîtresses avaient également la pilule, pourtant, tu ne t'es jamais risqué à avoir des rapports non protégés. Pourquoi l'as-tu fait avec Scarlett, hein ?

— J'en sais rien ! Ça me paraissait naturel… et… et je te l'ai dit, je pensais qu'il n'y aurait pas de risques !

— Il y a toujours des risques. Tu t'es montré imprudent et ça te tue de devoir l'avouer, c'est tout.

— Non, elle m'a piégé.

— On sait tous les deux que c'est faux. Scarlett n'est pas comme ça, même si elle est tombée amoureuse de toi. Folle amoureuse. Je ne sais pas ce que tu lui as fait, mais son amour est sincère. C'est un cœur pur, loyal et romantique. Tu le savais et tu te doutais que ça pouvait arriver.

Keir grommela une affirmation.

— Et ça me fait mal de savoir ça alors que pour toi, elle n'était qu'un divertissement de plus.

— Ne parle pas de choses dont tu ne sais rien, Rowe ! s'agaça Keir en pénétrant cette fois-ci dans la pièce sans y avoir été invité. Scarlett n'était pas qu'un simple divertissement pour moi. Elle m'est bien plus précieuse que tu le crois et je ressens des sentiments contradictoires à son encontre… je ne sais pas où j'en suis, c'est tout ! J'ai envie de l'effacer de ma vie et de l'avoir auprès de moi en même temps. Elle m'agace et me met hors de moi, mais je n'arrive pas à la détester complètement. J'ai jamais ressenti ça pour une femme et ça me déstabilise, tu comprends ?

Hudson garda le silence en l'étudiant minutieusement par-dessus son ordinateur. Il découvrait une autre facette de son ami. On aurait dit qu'une vérité se démenait dans son corps sans parvenir à en sortir.

Après réflexion, Livia avait peut-être raison : Keir n'était pas complètement hermétique aux sentiments amoureux.

Oh non ! Son visage torturé et la manière intense dont il parlait de Scarlett prouvaient le contraire.

Il pensait avoir tout vu dans sa vie, mais il n'était pas encore au bout de ses surprises. Faire connaissance avec un Keir Dalglish amoureux — qui s'ignorait encore — était un évènement mémorable qu'il fallait annoter sur le rapport de son existence.

Rien n'était impossible.

— Tu devrais méditer et arrêter de fuir tes sentiments, Dalglish, conseilla enfin Hudson en se radoucissant. Il est l'heure de prendre la vie au sérieux.

À l'hôpital civil de Beaufort, les urgences vitales semblaient défiler sous les yeux de Scarlett, Heather et l'équipe médicale qui étayait la prise en charge des patients. Un incendie avait été déclaré dans la soirée et les pompiers s'étaient hâtés de transférer aux urgences cinq personnes, dont trois brûlées au troisième degré, une autre blessée à la jambe et la dernière en état de détresse respiratoire sévère.

Dans le feu de l'action, Scarlett tentait d'exécuter ses soins en faisant abstraction des vertiges et des nausées qui la prenaient à chaque fois que l'adrénaline brûlait son sang.

La jeune femme venait d'entamer sa douzième semaine de grossesse et malgré les désagréments que ce nouvel état physique provoquait, elle n'en demeurait pas moins énergique, peut-être un peu trop.

Aux invectives que larguaient les médecins urgentistes, Scarlett était en train de préparer deux perfusions de morphine quand un malaise sembla secouer toutes ses perceptions. Le sol se mit à tanguer sous ses pieds et elle dut se retenir au rebord de la table de soins pour ne pas culbuter en arrière.

L'odeur de sang, de chair calcinée, mêlée à l'essence condensée des antiseptiques et des médicaments, accroissait le trouble dont elle était sauvagement la proie.

Son plateau de perfusions en mains, la jeune femme s'approcha des lits où deux patients étaient étendus lorsqu'elle faillit perdre l'équilibre en chemin.

— Pas maintenant…, s'encouragea-t-elle à voix basse.

Une pellicule de sueur recouvrit sa peau, ses narines se dilatèrent à la recherche d'un oxygène sain à inhaler et ses muscles se crispèrent. Elle se statufia un moment au centre de la pièce, avec l'espoir de contrebalancer les ondes de vertiges tumultueuses qui roulaient sans répit dans son corps, de telle façon qu'elle crut être un océan malmené par les caprices d'une tempête.

Ressaisis-toi!

Elle ne devait pas s'évanouir au milieu des gens et des collègues qui attendaient son aide.

— Scarlett, ça va?

La voix de Heather se fit lointaine et ses muscles s'amollirent spontanément quand son regard s'égara du côté de sa collègue. L'instant d'après, un tourbillon de chaleur l'attira vers la pesanteur en même temps que l'obscurité envahissait son esprit.

Ce voyage dans l'inconscience dura quelques minutes, le temps d'installer Scarlett sur un lit d'hôpital et de la perfuser pour l'hydrater.

— Scarlett ?

Une voix d'homme s'étira au-dessus d'elle et une chaleur rassurante se ressentit au niveau de son épaule droite. L'interpellée se trémoussa légèrement sur le matelas en clignant plusieurs fois des paupières.

— Keir ?

Les yeux bleus qu'elle rencontra l'avertirent de son erreur. Elle ne devait pas l'oublier : Keir était à des milliers de kilomètres de Beaufort et c'était le visage d'Erik qu'elle était en train de contempler. Ils s'étaient rencontrés de temps à autre aux urgences, mais à chaque fois, le pompier faisait en sorte d'esquiver la conversation. Scarlett avait fini par baisser les bras, trop épuisée par sa grossesse pour tenter de reconquérir cet ami.

Déprimée, elle avait même fini par se convaincre que tous les hommes qu'elle aimait ne supportaient plus de la voir en peinture.

Toute la faute lui incombait. C'était une conviction qui la hantait.

— Erik ?

Il avait fallu qu'elle s'évanouisse sous ses yeux pour que ce dernier condescende enfin à se retrouver seul en sa compagnie, dans un box de soins trop étroit où elle était alitée et liée à un pied à perfusion.

— Erik… je suis tellement contente que tu sois là…

Sans préparer l'émergence de ses larmes, elle se mit à pleurer comme une fillette, maudissant en son for intérieur le dérèglement incontrôlable de ses hormones.

Compatissant, le jeune homme se mit à essuyer ses larmes du dos de sa main.

— Calme-toi, ma puce, tu t'es évanouie et tu es restée inconsciente une quinzaine de minutes… Heather m'a annoncé ta grossesse et m'a expliqué la situation avec Keir... pourquoi tu ne m'as rien dit ?

Sous son uniforme ample, il n'était pas évident de remarquer le renflement encore délicat de son ventre et le volume plus important de sa poitrine, surtout que la brièveté de leurs entrevues n'avait pas laissé le temps à Erik de le deviner.

— Parce que tu ne voulais pas me parler quand on se voyait ici...

— Je suis désolé, je me sentais encore blessé. Une question d'orgueil, je crois. J'en ai marre aujourd'hui de faire comme si rien n'avait jamais existé entre nous. Tu es mon amie et j'ai envie de recoller les morceaux, d'être présent dans ta vie et de te soutenir dans ta grossesse. Je trouve ça merveilleux pour toi, même si le père mériterait une vraie correction.

Scarlett s'émut face à la gentillesse d'Erik et pressa sa main de la sienne dans une étreinte affectueuse.

— Alors, on fait la paix ?

— Il n'y a jamais vraiment eu de guerre. Je regrette de m'être éloigné comme ça, mais j'en avais besoin. J'ai digéré la jalousie.

— C'est moi qui suis confuse. Je n'aurais pas dû jouer avec toi et me laisser séduire... j'ai été naïve.

— Tu es juste amoureuse, mais je comprends. Ça ne se contrôle pas. En attendant, tu peux avoir le pouvoir sur ton corps et te ménager pour le bébé. Ton rythme de travail est trop intense et ce n'est pas bon pour vous deux, même si tu crois que ça te permettra d'oublier Keir.

Chapitre 2

Le surlendemain
— Votre bébé semble en bonne santé, Scarlett.

Étendue sur le lit médical du cabinet gynécologique où elle effectuait ses échographies, la jeune femme esquissa un sourire de soulagement en regardant, l'œil émerillonné, le profil approximativement net du fœtus sur l'écran de l'échographe.

— Vous êtes à votre douzième semaine de grossesse et nous pouvons désormais voir le sexe de votre bébé, continua le gynécologue, avenant. Vous voulez le connaître ?

Livia, qui accompagnait sa cousine en l'ayant précédée dans sa consultation gynécologique, prit la parole la première après un coup d'œil de connivence à l'égard de sa cadette :

— Non merci, nous avons choisi d'un commun accord de garder la surprise jusqu'à la naissance de nos bébés.

Le gynécologue salua ce choix d'un sourire complice.

— Et si vous menez vos grossesses à terme, il y a de fortes chances pour que vous accouchiez en même temps ou à quelques jours d'intervalle.

Scarlett et Livia s'observèrent avec espoir.

— Ce serait merveilleux ! ajouta enfin la rousse, qui se redressa sur le lit médical en essuyant son ventre de gel pour contact échographique à l'aide de mouchoirs en papier. On fêtera les anniversaires ensemble, on vivra en même temps leur crise d'adolescence, on assistera à leur remise de diplômes la même année…

Sous l'œil bienveillant du gynécologue, Scarlett énuméra toute une série de choses qu'elle pourrait réaliser aux côtés de sa parente et en lien avec leurs bébés.

Après cette parenthèse médicale, les deux jeunes femmes rejoignirent Erik dans un salon de thé, puis l'entraînèrent dans leur sillage quand l'heure du shopping sonna.

Tantôt confus tantôt amusé par les caprices saugrenus des deux femmes enceintes, le pompier les suivait docilement dans leur pérégrination à travers les boutiques de la ville, les bras alourdis de sacs débordant de jouets pour bambins et d'aliments riches en matière grasse et en calories.

Hissés au beau milieu d'un magasin destiné à vêtir les nourrissons et les chérubins dans un style chic, bohème et rétro, Scarlett, Livia et Erik se concertaient sur la constitution d'un trousseau de naissance pour un bébé dont on ne connaissait pas encore le genre.

— Est-ce que nous devons absolument définir un sexe par une couleur? lança spirituellement Scarlett, une grenouillère rose bonbon entre les mains, qu'elle épiait avec une étincelle dans le regard. Ce serait vraiment choquant si j'achetais cette merveille pour habiller un garçon? Ou à l'inverse, si je prenais un linge bleu avec une ancre de marin pour une fille?

— Eh bien…, commença Erik en se grattant l'arrière du crâne, perplexe. Ce ne serait pas choquant, mais un peu original.

— Un bébé a besoin de couleurs, intervint Livia, munie d'un panier en osier distribué par les vendeuses, qu'elle avait déjà rempli de cinq paires de chaussons miniatures, du même modèle, mais déclinées en teintes différentes.

Quelque soit son genre, il faut que le bébé transpire la joie, la vie. Que j'aie une fille ou un garçon, je l'habillerai de toutes les couleurs, pourvu que ça soit harmonieux.

— C'est exactement ça !

Telle une vague rousse, Scarlett ondoya vivement en direction d'un superbe landau de style ancien, aux allures de calèche et tendu de velours bleu nuit.

— Mais quelle merveille ! s'exclama-t-elle sans retenir sa joie, attirant les coups d'œil des autres clientes, elles-mêmes attirées par l'objet, mais vite découragées par le prix auquel on le vendait.

Livia se matérialisa à ses côtés, scanna le landau d'un œil expert, vit sa marque et son prix, et pour s'assurer qu'il ne s'agissait pas d'une contrefaçon, en jaugea la qualité sous ses mains avant de déclarer :

— C'est bel et bien un Silver Cross, importé d'Angleterre. Une excellente marque, d'un charme fou. Tu ne trouveras pas plus beau.

Scarlett étudia l'étiquette du landau et plissa ses yeux à la vue de la somme exorbitante qui y était imprimée.

— C'est sûr… je ne trouverai pas plus cher non plus.

Elle soupira, un peu déçue, sans pour autant cesser d'admirer ce carrosse dessiné à l'adresse des poupons.

— Je vais me rabattre sur une poussette fonctionnelle et moderne. Après tout, un bébé grandit vite, je n'aurais pas besoin d'une pièce aussi luxueuse sur le long terme, continua-t-elle pour se convaincre.

Voyant combien un tel cadeau égayerait le quotidien de sa cousine depuis le départ de Keir, Livia, qui pouvait s'accorder quelques folies financières, attendit qu'elle rejoigne Erik pour héler en toute discrétion une vendeuse.

Un quart d'heure plus tard, alors que l'infirmière et son ami attendaient sur le trottoir, les bras chargés de sacs d'achats où des vêtements de bébés et des éléments décoratifs se trouvaient, Livia sortit de la boutique en poussant le landau gaiement, un nœud de cadeau blanc attaché à son armature métallique.

À la vue de l'objet, Scarlett eut une interjection de surprise et considéra sa cousine comme si elle lui avait annoncé qu'elle ferait dans la nuit du vélo aux côtés d'E.T.

— Joyeux Noël à l'avance, mon chaton. Avec une poussette pareille, ton bébé se fera passer pour le prince ou la princesse de Beaufort.

Sur un autre continent, Keir s'adonnait à un entraînement de tir avec les hommes de sa section. En réalité, derrière cet exercice militaire, se dissimulait un pari qu'il était bien déterminé à remporter. Il voulait prouver à tous ses camarades présents qu'il était le meilleur tireur que l'unité pouvait compter.

En tenue de combat, un casque destiné à protéger les oreilles vissé sur le crâne, le capitaine balafré tenait son arme de *back-up*, un Berretta M9 italien au poing, et visait avec une froide assurance les boîtes de conserve disposées à trente mètres de distance sur un banc élémentaire. Les coups résonnèrent bruyamment dans l'atmosphère à près d'une seconde d'intervalle, mais à aucun moment leur violence ne le fit ciller. Il maîtrisait ses membres, était maître de son arme, de la trajectoire de ses balles. Tout était une extension de sa volonté.

Il ne manqua aucune cible et se rengorgea d'un sentiment de satisfaction lorsque ses hommes sifflèrent d'admiration.

— Jolie démonstration ! entendit-il après avoir ôté son casque à protection.

La voix appartenait à une femme inconnue. Son timbre était flatteur. Un peu trop peut-être.

D'un mouvement souple, il virevolta sur ses jambes et croisa des yeux bruns, plutôt charmeurs. Après une distance visuelle, un visage régulier de type hispanique, une chevelure brune et un corps svelte entrèrent dans son champ de vision. Cette étrangère avait de faux airs d'Éva Mendes et à croire le badge épinglé à sa chemise, elle pouvait se targuer d'être reporter de guerre. Pas mal à observer.

Le Keir d'autrefois lui aurait plausiblement fait les yeux doux dans l'espoir d'obtenir ses faveurs dans le secret de la nuit. Il savait plutôt y faire avec les journalistes intrépides. Mais aujourd'hui, même la plus belle femme de l'univers ne l'aurait pas détourné de la femme qui hantait ses pensées. Une tornade rousse indocile, piquetée de taches de rousseur, provocante à plaisir, irritante, qui, confinée dans son nid douillet en Caroline du Sud, s'arrondissait jour après jour de ses œuvres.

Bref, il avait cette satanée Scarlett dans la peau et son simple souvenir faisait paraître toutes les autres femmes aussi insignifiantes que les grains de sable du désert où sa section était basée.

— Merci, répondit-il laconiquement, plus intéressé par son pistolet de poing que par son interlocutrice. Vous êtes qui ?

— Paloma Cruz, reporter pour la CNN. Je travaille sur le quotidien des marines ici et j'aimerais interviewer plusieurs militaires de grades différents. On m'a dit que le capitaine Dalglish serait d'accord pour jouer le jeu. Vous êtes bien le capitaine Dalglish ? demanda-t-elle en portant un regard insistant à sa balafre, marque personnelle qui le différenciait efficacement des autres hommes, surtout des blonds musclés alentour auxquels il ressemblait beaucoup.

Au sourire nuancé qu'elle lui décocha à la fin de sa phrase, il sut qu'il lui plaisait et cette constatation lui fit horreur, un peu comme s'il s'était retrouvé engoncé dans le corps d'un prêtre hermétique à toutes tentations charnelles.

Ce devait être une malédiction lancée par Scarlett ! Elle l'avait émasculé par la seule force de ses ressentiments.

Il était perdu. Vide. Dégoûté de lui et de tout ce qui l'environnait.

Il voulait Scarlett, un point c'est tout.

Elle est trop loin, mec.

Face à son interlocutrice, Keir s'obligea à demeurer neutre et répondit avec une nonchalance qui blessa la courtoisie avenante de la journaliste :

— Navré, mais celui qui vous a dit ça s'est trompé. Essayez avec quelqu'un d'autre, moi, j'ai des choses à faire.

Entre autres, penser à la rouquine.

Et instinctivement, ses yeux se posèrent sur la petite croix celtique tatouée à son poignet gauche, un cadeau que Scarlett lui avait fait.

Qu'est-ce qu'elle lui manquait...

Chapitre 3

27 novembre 2008, trois mois plus tard

— Vous ne savez toujours pas si ce sont des filles ou des garçons ?

Jusqu'à présent, Scarlett et Livia n'avaient pas voulu connaître le sexe de leurs bébés, désireuses de vivre cette expérience à l'ancienne pour jouir de la surprise au moment de la naissance. Tous les vêtements et les décorations des chambres d'enfants portaient des couleurs mixtes, adaptées aux deux genres.

Les cousines se mirent à observer une pétulante septuagénaire aux yeux bleu perle et aux cheveux blancs coiffés à la manière des vedettes d'antan. Dame de qualité au caractère fantasque, née Millicent Swanson à Beaufort, puis devenue Mimi Cartmell par son mariage avec un riche Anglais, elle s'imposait comme la grand-mère de Livia et la grand-tante de Scarlett. Elle était le trait d'union entre les deux jeunes femmes et l'origine de leur rencontre une année et demie plus tôt.

— Non. Nous voulons avoir la surprise jusqu'à la fin, répliqua Scarlett en acceptant la tasse de chocolat chaud que lui présentait Erik.

En cette soirée de Thanksgiving, Scarlett avait convié ses proches et ses amis à dîner chez elle, autour d'une grande table disposée dans son salon fantasque. Outre Livia et Mimi, Lex, John, Erik, Heather et ses enfants répondaient à l'appel, le général Arlington étant absent pour une réunion de plus grande envergure quand Hudson et Keir se trouvaient au front.

— On pourrait ouvrir les paris, lança Heather par plaisanterie.

— Je vois bien Scarlett avait une fille et Livia avec un garçon, répondit aussitôt Erik en s'installant sur la méridienne, auprès de la rousse, dont il caressa tendrement le ventre arrondi.

La jeune femme tourna son regard dans sa direction, émue, même si au fond d'elle-même le désir de sentir la main de Keir à la place de la sienne demeurait très présent.

Tout comme Livia, elle était habillée d'une élégante robe d'hiver en tartan, qui mettait délicieusement sa nouvelle silhouette de future mère en valeur.

— Pour ma part, je vois l'inverse, lança Lex depuis un fauteuil marocain.

— Les filles, vous voulez bien dire quelque chose à la caméra pour nos patriotes déployés ? demanda soudain John, qui sortit de la cuisine en s'érigeant devant elles.

Livia, qui s'était à moitié affalée sur l'épaule de sa grand-mère, se redressa sur son siège, adopta la posture princière de Lady Di, puis commença :

— Bien sûr que nous voulons ! Hudson, c'est le deuxième Thanksgiving que je passe sans toi, même si je suis merveilleusement bien entourée. L'année prochaine, si tu me fais encore faux bond, je ne trouverai rien d'autre que de te rejoindre là où tes ordres te mèneront. C'est une promesse à prendre au sérieux.

Pareille à une mère qui gronderait son enfant, elle leva son index en signe de fausse remontrance.

— Mais en attendant, joyeux Thanksgiving, mon amour.

Cette fois-ci, elle ponctua son petit discours d'un baiser envoyé à la caméra, dont l'objectif se focalisa ensuite sur Scarlett, alors chaudement pelotonnée dans les bras d'Erik pendant qu'elle sirotait sa tasse de chocolat fumant.

— Scarlett, qu'est-ce que tu veux ajouter ?

Si la tendresse de son étreinte avec son ami pouvait prêter à confusion, il n'y avait, dans l'esprit de la jeune femme, plus vraiment d'ambiguïté avec le pompier. Son cœur appartenait à Keir, parfois malgré elle, même si deux ou trois baisers doux, innocents, avaient été échangés au cours des dernières semaines. Ce n'était qu'une manière d'approfondir leur relation, de combler le manque d'attention masculine sans jamais outrepasser les limites que Keir avait enjambées avec panache.

Scarlett adorait Erik pour l'amitié, la douceur et leurs idées en commun. Mais personne ne pourrait jamais remplacer son insupportable capitaine Dalglish.

Dans son espièglerie toute féminine, elle voulait se jouer un peu de son ancien amant, lui prouver qu'elle n'était pas la larve émiettée qu'il espérait certainement qu'elle soit depuis leur séparation brutale. Elle savait qu'il verrait la vidéo en compagnie de Hudson et espérait le provoquer, sinon lui prouver que la vie continuait en son absence.

— Je souhaite un merveilleux Thanksgiving à tous les marines. Comme tu le vois, Hudson, ta femme et moi sommes chouchoutées par toute une armée d'hommes. Nous passons tous nos caprices de femmes enceintes à des militaires au mental d'airain.

— J'approuve. Elles ont de ces envies alimentaires parfois... des mangues avec du *nuoc-mam*, des tagliatelles au curry, du riz blanc assaisonné au safran et servi avec des œufs mimosas, des cuisses de grenouilles frites... et j'en passe! dit John en voix de fond, sans apparaître à l'écran. Toi et Dalglish, vous manquez leur inventivité culinaire et leurs sautes d'humeur.

Les jeunes femmes eurent un petit rire complice.

— Les cuisses de grenouilles frites, c'est moi. Livia manque de vomir à chaque fois qu'elle en voit une, ajouta Scarlett. Tu nous manques, Hudson. Et n'oublie pas de dire au balafré de ne pas céder à un héroïsme dérisoire. Je sais à quel point il peut être impulsif et idiot.

La pique était directement lancée à Keir. Non sans un sourire dans la voix, John répliqua près de la caméra :

— On avait dit qu'on ne céderait pas aux règlements de compte à travers la vidéo souvenir.

— C'est juste un avertissement.

Les autres invités complétèrent ce message et les jeunes femmes le conclurent par des baisers donnés à même la caméra, ce qui la souilla de traces de lèvres rouges en accentuant le caractère humoristique de ce petit film.

— Non, mais je rêve! Tu as vu comme elle est lovée contre lui?

Hudson venait de montrer la vidéo de ses proches à Keir et faillit ricaner face au teint cramoisi de son ami. Ce n'était pas son genre de s'emporter pour si peu, d'autant plus qu'il avait jusqu'ici évité de parler de Scarlett ou d'évoquer ses sentiments.

— Qu'est-ce que ça peut te faire ? Vous n'êtes pas ensemble.

— Elle porte *mon* enfant et elle fréquente l'autre pompier ! Elle n'avait qu'à s'asseoir sur ses genoux pendant qu'on y est !

— Tu es jaloux, ma parole ! Je croyais que tu l'avais encouragée à aller vers lui.

— On peut changer d'avis, non ?

— Tu es tellement paradoxal ces derniers temps.

Keir s'enfonça davantage dans le hamac sur lequel ils étaient installés à la belle étoile, au cœur même de la base militaire américaine.

— En plus de ça, elle me provoque. Je te jure, elle mérite des gifles quand elle joue à ce jeu.

— Tu l'as bien cherché.

— Si j'apprends qu'ils couchent ensemble, je crois que je deviendrai fou... dis-moi, tu sais quelque chose à ce propos ?

— Connaissant Scarlett et ses principes, elle éviterait de coucher avec un homme après les quatre premiers mois de grossesse, surtout s'il n'est pas le père de l'enfant qu'elle porte. Elle trouverait ça tellement malsain et je la comprends.

Keir pouvait également se vanter de connaître la personnalité de son ancienne amante et savait dur comme pierre qu'elle ne prendrait jamais un amant dans sa situation actuelle. Il avait aussi conscience de l'amour qu'elle lui portait, mais redoutait une vengeance de sa part. Rien n'empêchait Scarlett d'entretenir une amourette avec son premier prétendant ou pire, de voir en lui un mari et un père de substitution pour leur bébé à venir.

Oui, Scarlett était capable de lui ôter toutes responsabilités envers son enfant et elle-même en se liant à un autre homme. Erik représentait le candidat idéal pour incarner le chevalier blanc, au cœur pur et à la magnanimité exemplaire, en totale opposition à sa propre couardise.

Elle pourrait l'effacer au profit de ce type.

Une cocotte minute sembla siffler en place de son cerveau.

Merde!

Il avait fauté en s'emportant, apeuré par l'inédit d'une situation à laquelle on ne l'avait jamais préparé. Désormais, il fallait creuser au plus profond de lui-même et se pencher sur ses vrais désirs.

Outre les responsabilités démesurées qui incombent à un homme et un père, il devait admettre les sentiments forts qu'il nourrissait toujours plus abondamment pour cette enchanteresse aux cheveux rouges. Cela faisait trois mois qu'il essayait de l'éradiquer de sa vie, qu'il priait pour devenir amnésique, mais c'était un combat vain.

À chaque fois, il revenait à la même conclusion, très primaire : Scarlett et le bébé lui revenaient.

— Si tu veux la paix, prépare l'amour, commenta Hudson au bout d'un silence, après avoir plusieurs fois visionné la vidéo pour le plaisir d'y admirer sa femme.

— C'est pas plutôt « prépare la guerre » ?

— Oui, mais j'adapte cette maxime pour toi. Tu dois réussir à trouver la paix, à faire exploser les chaînes que tu as toi-même fixées autour de ton cœur. Tu dois laisser ta sensibilité s'exprimer, effacer les mauvais souvenirs passés avec tes parents, oublier le sacrifice de ton frère et vivre ta propre expérience amoureuse. Crois-moi, tu es plus sensible que tu ne veux l'admettre. Et si tu veux être heureux, tu dois arrêter de mépriser les fondements de la vie : l'amour, la famille, la modestie et l'honnêteté. Affronte la vérité, regarde au fond de toi-même et prépare-toi à aimer. Il n'y a rien de plus rassurant que de savoir qu'un phare nous éclairera toujours à l'horizon et qu'un port nous accueillera toujours après de longs moments d'errance. Livia est à la fois mon port, mon phare et ma boussole. Maintenant que je la connais, je crois que je ne serai plus capable de vivre sans elle. Quant au bébé qui arrive, il sera notre merveille. Notre raison d'être, le but pour lequel on se battra à jamais, chaque jour, chaque soir. Le plus beau des cadeaux que la vie puisse nous donner, c'est d'avoir une famille qui nous aime.

— La vache ! Depuis que tu es marié à Livia, tu as des airs de philosophe grec.

Derrière son apparente moquerie, Hudson savait que son ami cherchait simplement à escamoter son trouble.

Le sarcasme était sa principale armure.

— Je suis sérieux, Dalglish.

— Je sais..., admit-il enfin. Laisse-moi seulement le temps de me préparer à l'amour. C'est pas facile. Je te rappelle que t'étais à fleur de peau avant d'épouser la femme de ta vie.

— C'est le moment de la métamorphose qui est le plus difficile à gérer. On ne se reconnaît plus. Mais après, tout semble tellement inné et évident. Si j'y suis arrivé, tu le pourras. Un marine a le mental pour y parvenir, aussi entêté soit-il.

Chapitre 4

Afghanistan, 14 février 2009

Accoutré d'un *shalwar kameez* noir pour hommes, fabriqué dans la plus pure tradition afghane, et coiffé d'un pakol en laine brune, Keir déambulait incognito dans la vallée de Bamiyan, célèbre dans le monde archéologique pour avoir accueilli trois statues monumentales de Bouddha, taillées à flanc des falaises en grès avant leur destruction par les talibans en 2001. Les vestiges des cellules de moines bouddhistes creusaient toujours les parois de la falaise en témoignant de la vie pieuse et effacée qu'avaient pu vivre ces hommes du passé.

— Tu te rends compte, Dalglish ? Ces Bouddhas ont résisté quinze siècles avant d'être pulvérisés. Ils ont assisté à la destruction de la ville de Bamiyan par les Mongols de Gengis Khan il y a huit cents ans et ont vu les troupes russes débarquer dans les 80's, avant d'être anéanties en poussière par un petit groupe de terroristes renégats. Les salopards.

Keir décocha un regard à Hudson, lui-même habillé à l'image d'un Afghan pour endormir tout soupçon. Avec le hâle de sa peau, ses grands yeux vert jade, ses cheveux d'ébène et la barbe qu'il se faisait pousser depuis quelques jours pour leur mission d'infiltration, son ami se fondait aisément parmi les autochtones de cette contrée. Il lui fallait seulement garder le silence afin d'étouffer son incurable accent de cow-boy.

S'ils étaient ici, c'était avant tout pour suivre une piste de terroristes détectés dans le coin. Le secteur était solidement quadrillé par l'armée, d'autant plus que le site était classé au patrimoine mondial de l'UNESCO depuis cinq années.

— Ces fils de chiennes aiment saccager les beautés du monde. C'est leur propre mémoire qu'ils tuent.

Tout en arpentant le secteur sous leurs tenues d'emprunt, qui dissimulaient gilets pare-balles et armes sophistiquées, les deux compagnons profitaient de leur intervention pour admirer les splendeurs du site. Surtout Hudson, dont la passion des vieilles pierres et de l'archéologie ne cessait de croître depuis qu'il était marié à Livia. En digne professeure universitaire, cette dernière ne pouvait que l'encourager dans cette voie et rêvait de le voir reprendre des études pour assouvir son projet le plus personnel : être archéologue.

— Le secteur a l'air calme aujourd'hui, nota ce dernier.

— Pas une raison pour baisser la garde. Le lieutenant-colonel n'aimerait pas voir son major et son capitaine disparaître comme ces Bouddhas sous les coups des mitraillettes. Tu n'aurais pas dû venir avec nous, Rowe. J'aurais pu être assisté par l'un de mes hommes.

— Je ne voulais pas louper ce spectacle. On n'a pas l'occasion de visiter ce site tous les jours. Puis, ça me donne encore plus la haine quand je vois comment ils détruisent le patrimoine historique d'un pays. Tu imagines le malheur si notre statue de la Liberté explosait ? Si le château d'Édimbourg tombait en poussière ?

Keir frémit à cette éventualité.

— L'horreur.

Ensuite, il décocha un regard circulaire aux lieux, vers des axes stratégiques où leurs hommes étaient postés et si bien camouflés qu'ils en étaient invisibles à l'œil nu.

— Quand est-ce que tu vas appeler Scarlett ? lâcha tout à coup Hudson. Noël était une occasion merveilleuse.

— Je te rappelle que je lui ai laissé un message vocal pour la remercier des bonbons qu'elle nous a envoyés en guise de cadeaux. Elle n'a pas cherché à me recontacter à travers toi.

— Tu aurais dû insister. Elle aurait fini par abdiquer. Peut-être, au bout du quatre cent soixantième appel, mais au moins, elle aurait vu ta bonne foi à travers ton acharnement téléphonique.

Après sa tentative, Keir avait mille fois composé le numéro de Scarlett, puis mille fois raccroché avant même qu'une tonalité ne résonne. S'il était sûr de ses sentiments, il n'était pas encore prêt à le lui dire. Leur histoire semblait tellement irréaliste depuis l'Afghanistan.

— Tu es au courant que tu peux crever à tout moment ici et que ton âme ne sera jamais tranquille si tu ne lui présentes pas tes excuses ?

— T'es tellement rassurant comme type, ironisa Keir. Souviens-toi, avant d'épouser Livia, tu refusais de la contacter quand tu étais déployé.

— Ce n'était pas pareil. On voulait s'oublier et elle n'était pas enceinte de moi.

— Moi aussi, je veux oublier la rouquine.

— Menteur. Tu n'as pas envie de l'oublier, tu as seulement peur des responsabilités qu'elle va représenter avec le bébé. Mais je ne cesserai jamais de te le marteler dans ton cerveau d'âne écossais : c'est beau d'avoir une femme qui t'aime et un bébé à choyer. J'étais le premier à fuir l'engagement et voilà que je suis le premier marié... Tu n'es pas un mauvais type, alors fais les bons choix.

Keir accueillit les paroles de son ami avec patience, peut-être encouragé par l'atmosphère quiète des lieux où les fameux Bouddhas veillaient autrefois avec immobilité en inspirant la sagesse. Cela faisait des mois que sa colère s'était apaisée au profit de sentiments amoureux toujours plus souverains, qui fermentaient avec constance dans le désert afghan.

— Tu crois que je pourrais faire un bon père, Rowe ?

— La question ne se pose même pas. Je te souhaite d'avoir un fils pour lui apprendre à être un highlander, plaisanta Hudson. Moi, j'aurai une fille.

— Les filles sont des bombes à retardement.

— Tu es une bombe à retardement. Pourtant, t'es un mec.

— Pas faux. Quel que soit le sexe du bébé, j'espère qu'il ressemblera à Scarlett. Tout comme j'espère que ta fille héritera de la beauté de Livia.

— Que Dieu t'entende, mon frère.

Ils continuèrent à spéculer sur les enfants quand des appels à l'aide les alertèrent. D'un même mouvement, ils se munirent de leurs jumelles, qu'ils dirigèrent vers l'horizon pour découvrir la silhouette d'une femme hissée sur le dos d'un yak, à une dizaine de mètres de là. De ses bras, elle faisait de grands gestes dans leur direction et répétait sans cesse les mêmes mots de détresse. Pour connaître l'histoire de l'Afghanistan et la diversité d'ethnies qui la peuplaient, les deux marines reconnurent à son langage persan et à sa tenue traditionnelle rouge et mauve, une femme du peuple des Hazaras.

— Une Hazara, nota Hudson en abaissant ses jumelles.

— Pas étonnant, on est sur leur territoire. On dirait qu'elle est enceinte... tu as vu comme elle tient son ventre ?

Keir abaissa sa propre paire de jumelles et tendit davantage l'oreille pour déchiffrer le mot en farsi.

— J'y comprends rien à son jargon ! pesta-t-il.

— Je crois qu'elle a dit *bébé*.

— On dirait qu'elle va tomber de sa monture.

— Femme en difficulté, on va dans sa direction, murmura discrètement Hudson dans l'oreillette qu'il portait et que son couvre-chef dissimulait.

— On l'a repérée. Faites attention, chef, murmura une voix dans son oreille.

— Surveillez nos arrières. Il y a peut-être un ver dans la pomme.

— Affirmatif.

Sans jamais perdre leur vigilance, les deux militaires trottinèrent en direction de l'étrangère et arrivèrent bientôt à sa hauteur, près du yak qui la tractait paresseusement. C'était un mode de transport obsolète, mais encore usité par les habitants du coin. Même la mise de la jeune femme semblait sortie d'un tiroir du passé, mais n'était que l'affirmation de traditions aussi résistantes que les falaises en grès.

Des babillements féminins retentirent de nouveau. L'étrangère ahanait et se retenait à son ventre proéminent en pleurant des larmes de souffrance, tandis que ses paroles étaient pour le trois quarts incompréhensibles des deux hommes. Seuls les mots « bébé », « urgent » et « mal » furent audibles.

— Elle ne fait vraiment pas semblant...

L'éventualité d'un piège disparut de l'esprit des deux marines, soudain très soucieux par l'état de l'étrangère.

— J'aimerais que Lex soit là pour qu'il puisse jouer les interprètes et soulager ses douleurs, marmonna Keir en essayant d'immobiliser la jeune femme sur son animal, qui se retint fermement à ses épaules en retour. Nous sommes Américains, madame. Nous allons vous aider.

Le voile vert eau qui recouvrait sa tête glissa sur ses cheveux et révéla la beauté de longues ondulations noires, épaisses et soigneusement peignées autour d'un visage qui leur coupa le souffle. Une véritable beauté des steppes asiatiques, aux grands yeux bridés, d'un bleu si teinté et nuancé de rayons lumineux qu'il était impossible de le catégoriser. Avec ses pommettes hautes, son nez fin et caucasien, sa bouche moyenne et son hâle doré, aux joues rougies par la fraîcheur environnante, l'étrangère rassemblait sur son visage toutes les beautés de l'Orient et de l'Occident.

— Ne paniquez pas, vous êtes entre de bonnes mains, la rassura Keir en la repositionnant correctement sur le yak. Moi, Keir. Lui, Hudson.

Il répéta plusieurs fois leurs prénoms et bientôt, la jeune femme leur répliqua en se désignant à la poitrine :

— Afsana.

Elle paraissait plus jeune qu'ils ne l'avaient pensé au premier abord. Peut-être dix-huit ou dix-neuf ans. Cette jeunesse et ce regard farouche rappelaient Scarlett, elle-même enceinte et esseulée à cause d'un homme qui ne voulait pas assumer ses devoirs.

Keir sentit son cœur se broyer à la simple pensée d'imaginer la belle rousse à la place de cette Hazara, perdue et soumise aux souffrances de l'enfantement sur le dos de ce vieux yak et entre les mains d'étrangers.

— Quelle galère…

— Major Rowe, ici Williams, qu'est-ce qu'il se passe avec la femme ? demanda l'un de ses sergents depuis son emplacement caché, d'où il voyait tout.

— Je crois qu'elle va accoucher. On a besoin de l'infirmier Gibbs. Gibbs ? Vous m'entendez ?

Une autre voix crépita dans l'oreillette.

— Oui, major.

— On est dans la merde. Cette femme va accoucher.

— Elle a perdu les eaux ?

Hudson toucha spontanément la tenue d'Afsana, la palpa et sentit une humidité au niveau des jambes recouvertes d'un pantalon ample. Là, il vit le tissu souillé de liquide amniotique.

— Oui, je crois.

— Il faut voir si le col de l'utérus est très dilaté.

— Le col de l'utérus ? hoqueta Hudson en écartant les yeux, une expression qu'adopta aussitôt Keir.

— Le *quoi* ? s'exclama ce dernier en ceinturant la taille de l'étrangère afin qu'elle ne glisse pas de la selle de sa bête. On connaît rien de tout ça, bordel ! Il faut qu'on lui trouve une sage-femme !

— Tu crois qu'on peut trouver une sage-femme comme ça, en plein désert ?

— On l'emmène à la base américaine alors !

— T'es malade ! On ne peut pas emmener une Afghane accoucher dans notre base militaire comme ça…, réfuta Hudson avant de parler dans son oreillette. Putain, Gibbs, rejoignez-nous immédiatement pour accoucher cette femme !

— Mais… je n'ai jamais accouché de femme, major.

— Eh bien, ce sera une première, Gibbs. Et ne cherchez pas à vous y soustraire, c'est un ordre.

— Dis-lui de se magner le cul, Rowe. Le petit est peut-être en train de sortir là ! s'impatienta Keir avant de se refocaliser sur la jeune femme, le front déjà en sueur à la perspective de participer à un accouchement. Accrochez-vous, Afsana.

Avec leurs rudiments de dari et persan, Keir et Hudson tentèrent de rassurer la Hazara pendant qu'ils imposaient un rythme plus soutenu au yak, leurs pas les dirigeant vers un petit village bâti aux pieds des falaises, où seulement une trentaine d'âmes vivait.

Bientôt, ils furent rejoints par l'infirmier Gibbs, lui-même en tenue afghane, ainsi que par des habitants estomaqués de les voir débarquer, mais compatissants par la situation délicate où se trouvait Afsana. On l'installa bientôt dans une maisonnette élémentaire, au cœur d'une salle tapissée et sombre, qu'il fallut éclairer à la lumière des lampes torches militaires et de bougies parfumées.

Deux habitants proposèrent d'aller chercher une maïeuticienne dans le village voisin.

— Bienvenue à l'époque antique, les gars…, marmonna Hudson en furetant des yeux la pièce chichement décorée, seulement meublée de trois lits en natte et de récipients en terre cuite, où de l'eau était conservée. Je ne veux même pas imaginer Livia ou Scarlett ici…

Keir eut un haut-le-cœur à l'évocation de son ancienne amante. Savoir que le destin aurait pu la faire naître dans ce coin, avec seulement un bassin d'eau tiède, un tapis et quelques amateurs pour la faire accoucher, lui procura une sueur froide.

Oh, mo chridhe.

Les minutes s'égrenèrent dans les cris.

Incapables de se détourner de cette nouvelle mission, les trois marines demeuraient au chevet de la jeune femme. Gibbs, dont les capacités médicales se bornaient aux soins infirmiers basiques et militaires, fut le plus à même d'aider Afsana à enfanter.

— Bordel, qu'est-ce qu'elle fout cette sage-femme ? s'impatienta Keir. Ils sont partis la chercher en Chine ou quoi ?

Assis derrière la Hazara, ce dernier s'affairait à soutenir son dos et ses épaules, lui chantonnant une berceuse écossaise alors que sa main épongeait son visage et son cou lorsqu'il était nécessaire. Hudson s'occupait de monter la garde à l'entrée de la maisonnette et supervisait à distance la mission que ses autres hommes n'avaient pas cessé de mener. Le danger se tapissait partout dans ces lieux mystérieux et des talibans pouvaient avoir eu vent de l'intervention d'Américains grimés en Afghans dans l'accouchement d'une femme. Quant à la vieille dame qui vivait dans cette petite demeure, elle faisait bouillir au loin du lait de yak et préparait une sorte de cataplasme à destination de la mère.

— Je crois que je vais m'évanouir, Rowe…, marmonna Keir, aussi mouillé de sueur que la parturiente, si ce n'était plus. Tu crois que Scarlett va vivre la même chose ?

— Scarlett aura une équipe médicale pour s'occuper d'elle, pas une bande d'amateurs qui n'osent même pas glisser un œil sous les jupes de la dame.

À moitié évanouie dans les bras de Keir, Afsana était pantelante et reprenait difficilement son souffle, alors que Gibbs l'encourageait à pousser davantage, toujours plus fort. Pris de pitié, le marine caressa son front, ses joues, ses cheveux, puis sortit de la poche de sa tenue un petit pot de baume du tigre. Il l'ouvrit et le glissa sous les petites narines frémissantes, qui inhalèrent avidement l'odeur de camphre. Cela permettait d'ouvrir les voies respiratoires et de détendre les muscles.

Afsana parut se revigorer et Keir l'aida à se redresser pour qu'elle puisse continuer le travail. Là, elle saisit sa main et la broya pendant qu'elle s'échinait à éjecter son bébé.

— Mon Dieu, ça doit être flippant pour vous… accoucher avec des hommes et des inconnus…, lui souffla-t-il en continuant à la droguer de camphre. Allez, Afsana, allez. Continuez. Vous êtes brave !

— Oh ! Je vois la tête du petit ! s'écria Gibbs, égaré entre l'émerveillement et l'effroi.

Keir était certain de ressortir avec une main brisée tant la jeune femme s'y appuyait en poussant, mais c'était superficiel à côté de ce qu'elle vivait. Il se mit naturellement à prier, d'abord pour l'accouchée, puis pour lui et pour tous ceux qui l'environnaient. Pour Scarlett surtout.

— Je m'en veux tellement… tellement ! Par ma faute, Scarlett va connaître un calvaire et je ne serai même pas là pour la soutenir…

— Un inconnu prendra ta place, rétorqua aussitôt Hudson, lucide quant à la prise de conscience de son ami. Comme ce que tu es en train de le faire avec cette étrangère.

— Un bon père est supposé être présent à la naissance de son enfant.

— Ton absence ne signifiera pas le contraire. Tant que cette absence n'est pas voulue.

La réponse de son ami se fit aussi pesante qu'un ciel de mousson. Keir se détesta pour le vide qu'il laisserait à l'accouchement de Scarlett et abhorra déjà toutes les autres personnes qui verraient son petit avant lui.

— Le bébé arrive ! hurla enfin Gibbs, après des instants qui leur parurent des décennies.

Keir dut exploiter toute sa réserve de force pour demeurer aussi solide qu'un mur derrière la jeune mère. Sa chevelure noire sembla tout à coup prendre des reflets roux, tandis que l'odeur exquise d'huile de ricin et de sève d'érable que Scarlett aimait appliquer sur sa peau parut lentement embaumer son oxygène.

Si tu savais comme je m'en veux, Scarlett.

Soudain, un braillement déchirant emplit la maisonnette et Afsana se laissa aller en arrière, soulagée d'entendre le premier cri de son bébé.

Keir se dit que son enfant chanterait de la même manière une fois né.

Chapitre 5

Beaufort, Caroline du Sud, dans le même temps

— Saint-Valentin 2009 : enceinte jusqu'au cou, célibataire et victime d'hémorroïdes. Il ne manque plus qu'une dent en moins pour parfaire mon portrait de femme misérable, lança Scarlett en se tortillant sur l'immense ballon de grossesse rose disposé dans son salon.

Livia, qui présentait un ventre tout aussi proéminent que sa cousine, effectuait les mêmes exercices sur son ballon violet sous l'instance de John et Lex, tous les deux sortis de leurs bases militaires pour soutenir les futures mères en l'absence de Keir et Hudson. Comme ce dernier était encore retenu en opération extérieure, manquant ainsi les grossesses de son épouse et de sa petite sœur de cœur, il avait demandé à ses amis de les rassurer de leur présence pendant leur temps libre. En dignes frères d'armes, ils exécutaient leur garderie avec une exemplarité et un dévouement sans fêlure, jusqu'à assouvir toutes les lubies des jeunes femmes dans la limite du possible.

Ce samedi, ils en avaient profité pour les rejoindre et les stimuler à réaliser des exercices sportifs conseillés pendant la grossesse.

— Crois-moi, tu n'as rien d'une femme misérable, la réconforta Lex, accroupi sur le tapis persan en surveillant les mouvements qu'elles effectuaient en cadence.

— Je ressemble à un phoque.

— Nous sommes deux à ressembler à des phoques, souffla Livia, rose d'effort à force de travailler ses articulations musculaires. Lex, on peut faire une pause ?

— Encore cinq minutes et vous aurez le droit à votre pot de glace préféré, les motiva-t-il avec un sourire malicieux, qu'il n'arborait pas souvent et n'accordait qu'à elles. Allez, mesdames, les ballons soulagent vos douleurs lombaires et permettent d'entretenir la tonicité de vos muscles.

— Ça va finir par dilater mon col de l'utérus et provoquer l'accouchement, souffla Scarlett en gémissant au coup de pied qu'elle sentit dans son ventre. Mon bébé est en train de s'exciter à l'intérieur. Je sens qu'il a envie de sortir.

— C'est un impatient, comme Dalglish.

— Lex ! Tu sais que je n'aime pas quand on prononce ce nom devant moi.

Scarlett s'était redressée sur son ballon et l'avertit du regard, mais il en fallait plus pour dissuader son ami, qui semblait mieux connaître la psychologie des gens que les concernés eux-mêmes.

— Même si je ne parle pas de Keir, ça ne t'empêche pas de penser à lui et de l'aimer.

— C'est une perte de temps, je le sais.

— Sois patiente, il reviendra bientôt pour assumer ses responsabilités.

— Je ne crois pas, c'est un insensible.

— Les cartes l'ont dit, Scarlett.

— Les cartes peuvent se tromper, contra-t-elle en demeurant immobile sur le ballon, en position assise et appuyée sur ses cuisses.

Livia ne tarda pas à adopter sa posture pour cesser leur séance de sport.

— Les cartes se trompent quelques fois, mais pas dans ton cas, renchérit Lex, qui leur donna ensuite l'ordre de reprendre leurs mouvements de l'index, ce qui leur arracha quelques grommellements sans les pousser à y renoncer. Et au-delà des cartes, je suis bien placé pour connaître mon ami et savoir qu'il est en train de prendre conscience de plusieurs choses. Il me donne souvent de ses nouvelles et il ne manque jamais de t'évoquer dans nos discussions. Tu hantes son esprit et tu lui inspires beaucoup de beaux sentiments. Vous fonctionnez de la même façon.

— Il m'a appelée une fois pendant mon absence et c'était pour me parler des bonbons de Noël. Il m'a seulement contactée pour les *bonbons*, pas pour parler de beaux sentiments, alors que c'était ma manière détournée d'ouvrir la discussion entre nous.

— Keir ne règle pas les choses cruciales par téléphone.

Une onomatopée ennuyée échappa à Scarlett.

— C'est mieux que de ne jamais le faire ! Pourquoi n'a-t-il pas rappelé depuis s'il est investi d'aussi beaux sentiments, hein ?

— Keir ne supporte pas cette métamorphose, renchérit Lex. Il est en train de prendre conscience que la vie est aussi faite de prérogatives personnelles et qu'il va bientôt être confronté aux siennes. Il mûrit et ça le perturbe. Il essaie encore de combattre l'ascendant que tu as sur lui et c'est pourquoi il évite au maximum tout contact direct avec toi.

— Lex, on peut faire une pause ? l'implora Livia.

Cette fois-ci, il acquiesça et les aida à se relever. Les futures mères se laissèrent choir sur la méridienne pourpre, le souffle un peu écourté et à croquer dans leurs tenues de sport qui laissaient transparaître leurs rondeurs. La maternité leur seyait à merveille, même si elles prenaient ce compliment avec circonspection à chaque fois qu'on le leur faisait.

— Quoiqu'il en soit, je ne le laisserai pas revenir aussi facilement, continua Scarlett, revancharde.

— On verra bien quand tu auras ton bébé dans les bras et que tu voudras son père pour t'aider à l'éduquer, s'immisça John en investissant les lieux, deux pots *Ben & Jerry's* dans les mains. Vanilla Pecan Blondie pour Scarlett et Home Sweet Honeycomb pour Livia.

— Merci, John, le remercièrent-elles de concert.

— J'avais un besoin urgent de ma dose de sucre, soupira Livia.

Autrefois pointilleuse sur son alimentation, cette dernière avait délibérément fait exploser le compteur d'apport calorique par jour depuis qu'elle était enceinte, même si sa silhouette n'en pâtissait pas beaucoup, puisqu'elle n'avait pris que neuf kilos en huit mois de grossesse. À l'inverse de Scarlett, qui s'était alourdie de dix-sept kilos et paraissait porter un bébé plus robuste selon l'obstétricien.

— Je crois que je vais arrêter de me peser jusqu'à la délivrance. J'atteins déjà les 78 kilos... pour un mètre soixante-trois, c'est beaucoup. Keir ne voudra jamais revenir vers moi s'il me retrouve aussi ronde que ces ballons de grossesse, marmonna paradoxalement la rouquine avant d'enfouir une grosse cuillérée de glace dans sa bouche gourmande, la saveur lui arrachant un soupir de délectation.

— Tu vas retrouver ta silhouette en forme de sablier. John et moi, on va se faire une joie de vous initier à l'entraînement d'intégration des marines, répliqua Lex avec un petit sourire luciférien. En deux semaines, *finito* la cellulite et les bourrelets, vous serez aussi minces que les brindilles que vous admirez à la plage.

— Non merci !

— En tout cas, c'est gentil de rester avec des femmes aussi changeantes que des girouettes, coincées chez elles et qui ne songent qu'à tricoter des vêtements pour leurs bébés, souligna Livia.

— Fraternité oblige. On veille aux trésors de nos frères aussi sûrement que s'il s'agissait des nôtres, expliqua John sur le ton solennel du marine accompli.

— Le jour de la Saint-Valentin qui plus est ! Vous n'avez pas d'autres femmes à combler de votre présence ? continua Scarlett, un sourire espiègle à la commissure des lèvres. Impossible pour des hommes comme vous de rester seuls une journée pareille !

— Vous êtes notre priorité de la Saint-Valentin.

Les deux militaires s'étaient exprimés d'une même voix et les jeunes femmes rirent gaiement, amusées et flattées.

Les heures s'écoulèrent dans la bonne humeur, les plaisanteries et une paresse bienvenue, à laquelle s'adonnèrent même les deux hommes devant le film *Sayonara* de Joshua Logan. Pour Livia, plus le temps passait, plus elle se familiarisait avec la bande inoxydable que constituaient les quatre amis. Des hommes venus d'horizons différents, aux personnalités bien distinctes, qui vibraient toutefois d'une même philosophie de vie : la fraternité, la solidarité et la fidélité jusqu'à la mort. Ensemble, ils formaient une allégorie humaine de l'amitié dans ce qu'elle avait de plus authentique.

Dans la nuit, après le départ de leurs deux *baby-sitters*, les cousines allèrent se coucher. Depuis que Hudson avait été déployé à l'étranger six mois plus tôt, Livia avait décidé de réintroduire la maison de Scarlett, ce qui leur permettait de vivre ensemble et de se secourir l'une l'autre en cas d'imprévu.

Allongée sur le flanc, les jambes entremêlées à un traversin, Scarlett tentait de trouver le sommeil en faisant abstraction des spasmes qui assaillaient son ventre, toutefois la douleur était telle qu'elle se tortillait nerveusement. Des élancements de cette intensité s'étaient déjà manifestés les jours précédents et au cours de la journée, mais d'après son gynécologue, ce n'était pas alarmant puisque le bébé se portait en bonne santé et qu'aucune complication ne semblait visible.

— Dis, on dirait que tu as la fureur de vivre, mon ange, murmura-t-elle en caressant son ventre avec réconfort. Tu ne veux pas me laisser tranquille ?

Il y eut d'autres contractions par intermittence de trente secondes, qui s'étendirent sur une vingtaine de minutes, sans répit. Scarlett s'était mise dans plusieurs positions antalgiques afin de maîtriser cette souffrance, mais cela n'empêcha pas le pire de se produire : transpercée par une brûlante bouffée de panique, elle sentit soudain un liquide visqueux se répandre sur ses cuisses.

Alerte, elle se redressa en positionna assise, alluma sa lampe de chevet et ses craintes se confirmèrent : elle était en train de perdre les eaux.

— LIVIA ! vociféra-t-elle en se retenant à son ventre pour laisser passer la contraction féroce qui la harponnait.

Elle avait l'impression qu'une mâchoire était en train de lui dévorer les entrailles ou qu'une grenade venait de déflagrer dans son ventre. Son corps allait imploser de douleur.

— Scarlett !

Livia venait de se précipiter vers sa cousine, en robe de chambre, la démarche un peu engourdie à cause de son propre ventre et les yeux arrondis comme deux balles de golf.

— Doux Jésus !

— Livia, il va falloir qu'on aille à l'hôpital. Je sens qu'il va sortir. Tout de suite !

Scarlett était parvenue à supporter les élancements, à les ignorer pour se lever du lit avec l'assistance de sa cousine, à enfiler ses chaussons, son kimono en coton japonais par-dessus sa robe de chambre et marcher vers la porte. Livia s'empressa de récupérer leurs sacs à main et le petit bagage de maternité préparé depuis quelques semaines, avant de lui emboîter le pas.

Cahin-caha, elles dévalèrent ensemble les escaliers, Scarlett semant sur son passage des petites flaques de liquide amniotique, puis sortirent dans la nuit fraîche de Beaufort. Même le souffle frisquet du vent ne parvint pas à attiédir la température élevée de leurs corps.

— Pourquoi les hommes ne sont-ils jamais là quand on a vraiment besoin d'eux ? se lamenta Scarlett en rejoignant Blue Coco.

— Je vais prévenir John et Lex.

— N'oublie pas Erik.

Les clefs de la Coccinelle en mains, Livia rangea les sacs sur la banquette arrière, aida sa cousine à s'y asseoir, puis se hâta de s'installer derrière le volant.

— Merde ! La voiture de papa ! Je vais devoir changer le cuir des sièges...

— Ce n'est qu'un détail, mon ange. Relaxe-toi et respire profondément, ordonna Livia en actionnant le moteur, tous phares allumés pour éclairer la nappe d'obscurité.

La minute d'après, elle démarrait sur des chapeaux de roues en provoquant un vrombissement ronflant, qui se chargea de troubler le sommeil des voisins alentour.

L'aînée continuait à prodiguer des conseils à sa cadette pendant qu'elle sillonnait les rues aussi follement qu'un coureur d'automobile, de manière aussi fracassante que dans le film *Un amour de Coccinelle*.

— Tu pourrais être ambulancière, Livia ! Qui t'a appris à conduire comme ça ? hurla Scarlett en caressant son ventre d'une main, tout en se retenant à la poignée de sa portière de l'autre.

— Mon mari.

Scarlett eut un petit rire hystérique. Elle était nerveuse, souffrante et impatiente de faire sortir son bébé de ce ventre devenu trop exigu.

— Une fois l'accouchement fini, rappelle-moi de ne plus jamais fréquenter d'homme. Je ne veux plus prendre le risque de tomber enceinte... si tu savais comme je hais Keir Dalglish en ce moment même !

— Et tu l'en aimeras davantage quand tu verras enfin la bouille de ton enfant. On parie combien que ce sera un garçon ?

— J'ai toujours senti que c'était un petit highlander. Je vais l'appeler Bruce. Comme Robert de Bruce, le roi d'Écosse.

Chapitre 6

Deux jours plus tard

Assis sur la coque d'un tank, en plein cœur des hautes montagnes neigeuses de l'Hindou Kouch, Keir admirait la beauté sauvage de ce paysage hostile, merveilleux et complètement insaisissable. L'âme des lieux était si étrange qu'elle en devenait indicible. C'était toujours le même sentiment à chaque fois qu'il revenait dans cette partie du globe, en Afghanistan. Ce pays commençait presque à lui entrer dans la peau depuis le temps qu'on l'y envoyait.

Après cette mission, il ne comptait plus signer de nouveau contrat. La vue poétique de cette chaîne montagneuse, la même qu'avait admirée Alexandre le Grand quelques milliers d'années avant lui, serait la dernière de son existence. Dans deux mois, à la fin de son déploiement, il finirait son contrat en Caroline du Sud, puis laisserait sa vie de marine derrière lui et en commencerait une autre… c'était décidé.

— Capitaine Dalglish ?

L'interpellé tourna la tête vers son lieutenant, debout près du char d'assaut, et l'interrogea d'un haussement de sourcil.

— Le major Rowe m'a contacté et m'a demandé de vous transmettre un message.

— Lequel ?

— Vous avez un fils. Il s'appelle Bruce.

Keir dévisagea longuement le lieutenant, sans rien dire. Quelque chose s'était cristallisé en lui, comme lorsqu'un empereur voit soudain son empire s'ériger sous ses yeux ou quand une lumière vient éclairer le cœur d'un homme pour lui révéler les secrets de l'univers. Une régénérescence intrinsèque semblait opérer en lui, dévoiler à sa propre conscience les profondeurs de son âme.

Scarlett venait de lui donner un fils. Une extension de lui vivait désormais dans ce monde et n'attendait plus que les baisers et la tendresse de son père.

Il ne pouvait connaître plus grande reconnaissance qu'en ce moment de liesse muette. Son visage ne laissait rien transparaître, trop figé et imperceptible sous sa cagoule de militaire, mais le feu rugissait dans ses entrailles.

Égaré entre ciel et terre, en plein milieu de l'Hindou Kouch, giflé par une bourrasque hivernale qui ne le ménageait pas, Keir accepta enfin la puissance de l'amour qu'il portait à Scarlett. Il avait une folle envie de l'avoir contre sa poitrine, ici, dans ce tableau de conte antique, dressée à ses côtés sur ce tank pendant qu'il tirerait vers le vide des munitions explosives, destinées à saluer la naissance de leur fils. Ce serait comme tirer des coups de canon à l'arrivée d'un nouveau prince.

Bruce.

Il portait le nom d'un roi écossais et s'imposait déjà comme le souverain de son cœur.

Pourvu qu'il ressemble à Scarlett, se murmura-t-il intimement.

Bruce était le portrait craché de Keir.

Allongé dans une couveuse, vêtu d'une grenouillère jaune, le crâne recouvert d'un duvet blond, les paupières fermées en formant deux longs traits au-dessus d'un petit nez et de joues bouffies, où se devinait l'esquisse de ravissantes fossettes, le nouveau-né dormait du sommeil du juste. Par chance, malgré son état de petit prématuré, il jouissait d'une constitution solide et ne présentait aucune déficience physiologique. Son état ne nécessitait qu'un séjour prolongé à l'hôpital, aussi bien pour lui que pour sa mère.

— Ce bébé est une merveille ! s'extasia Livia en admirant son neveu à travers les parois transparentes de la couveuse. Tu as fait un merveilleux travail, ma chérie.

Assise dans son propre lit médicalisé, Scarlett afficha un sourire angélique tout en brossant ses cheveux, le regard aimanté au petit bout d'homme qu'elle venait de mettre au monde.

— J'espère bien ! Après tout le mal que j'ai eu à le faire sortir !

Le travail avait duré près de sept heures, les plus intenses de toute son existence, au cours desquelles la jeune femme avait souhaité mourir à chaque seconde. Ce ne fut qu'au moment de la délivrance, éreintée par les efforts surhumains fournis pour donner la vie, qu'elle s'était permise de rompre la digue dans son cœur, d'évacuer l'avalanche de sentiments qui l'avait jusque-là compressée.

Jamais elle n'avait cru toucher la Grâce du bout des doigts un jour, jusqu'au moment où on lui avait glissé son fils entre les bras.

— Ce bébé promet d'être un bel homme ! s'exclama Joan, la mère de Scarlett, acculée dans un fauteuil de la pièce. Il me fait penser à toi quand on t'a mise dans mes bras. La même petite bouille rose.

En apprenant la naissance de son petit-fils, Joan s'était empressée de prendre un billet d'avion pour rejoindre Beaufort depuis San Francisco. Belle femme d'une quarantaine d'années, aussi brune que sa fille était rousse, la jeune grand-mère appréciait particulièrement son nouveau statut de matriarche, même s'il était évident qu'elle n'en avait pas le style conventionnel. Joan aimait le cuir, les talons hauts et les coupes de cheveux volumineuses. En résumé, elle était une version mûre et brune de Sandy Olsson relookée dans *Grease*.

Peu proche de sa fille et éloignée géographiquement, elle n'avait pas du tout suivi son histoire avec Keir, n'apprenant sa grossesse qu'au bout du troisième mois. La nouvelle ne l'avait pas étonnée, ni le départ précipité du géniteur en question par ailleurs.

Les hommes étaient les hommes.

— Je suis fière de toi, ma fille.

Scarlett n'avait pas coutume d'entendre sa mère la complimenter ou lui témoigner un quelconque sentiment maternel. Depuis toujours, elle semblait étrangère à l'existence de sa progéniture et encore plus depuis qu'elle avait divorcé d'avec son père pour vivre la passion folle aux côtés d'un artiste, à l'autre bout du pays.

Scarlett savait que sa visite à l'hôpital était une manière de se faire pardonner ses négligences maternelles et de se rapprocher autour du petit Bruce.

— Merci, maman.

— Tu as déjà prévenu le père de ton fils ?

Scarlett cessa de dompter sa chevelure, tout à coup muette. D'un côté, elle aurait adoré avoir Keir à ses côtés en revenant de la salle de travail, sentir ses mains réconfortantes autour d'elle et entendre sa voix la bercer. Elle l'avait même appelé dans ses moments de souffrance interminable. De l'autre, son orgueil de femme bafouée refusait tout contact direct avec lui, au moins le temps de combattre sa propre faiblesse émotionnelle.

— J'ai appelé Hudson, qui a dû lui dire, avoua Livia à sa place. Je n'ai pas eu de retour depuis.

— Peut-être que ça ne lui fait ni chaud ni froid, bougonna Scarlett.

— Arrête de le critiquer. Tu meurs d'envie de l'avoir auprès de toi.

La jeune mère haussa les épaules et quittait le lit pour se rapprocher davantage de la couveuse quand la porte s'ouvrit sur Erik, venu en visite avec un immense bouquet d'iris bleus et une peluche Winnie l'Ourson sous le bras.

— Erik !

Un vent de tendresse gonfla le cœur de Scarlett à la vue de son ami. Sans tarder, il lança un salut général à Livia et Joan, puis se hâta auprès de la rouquine pour l'étreindre dans ses bras. Ce n'était pas le corps de Keir qu'elle sentait contre le sien, mais au moins un homme était présent pour la soutenir.

— Comme tu es belle, ma puce, la complimenta-t-il avant de la baiser au front.

Avec son ample chemise de nuit blanche et ses longues mèches éparpillées dans son dos et sur sa poitrine, elle évoquait les peintures préraphaélites du XIXe siècle.

Scarlett libéra un rire cristallin en guise de réponse à son compliment, puis le saisit à la main pour le rapprocher de la couveuse où son bébé dormait toujours à poings fermés.

— Viens, je vais te présenter Bruce.

— Quelle petite crevette !

— Qui pèse quand même 3 kilos pour un bébé né à la fin de la 35e semaine, lui rappela-t-elle, non sans une once daubeuse. Il est déjà gros.

— Et magnifique. Il te ressemble.

— Tu trouves ?

— Oui. Il a ta bouche.

— Je crois que c'est la seule chose qu'il ait de moi.

Erik se tourna vers Scarlett, l'air soudain grave, et lui demanda :

— Scarlett, est-ce que je peux te parler seul à seule ?

— Euh… oui, bien sûr.

Non sans surprise, Livia et Joan se regardèrent mutuellement pendant que Scarlett les suppliait tacitement de sortir de la chambre.

— Je n'en ai pas pour longtemps, assura Erik au moment même où les deux femmes quittaient la pièce.

Une fois tous les deux, avec seulement le chérubin endormi pour témoin, Erik s'écarta d'elle, posa la peluche sur le lit, puis commença à triturer les tiges du bouquet d'iris en marquant un long silence, que Scarlett décida de briser, un peu préoccupée :

— Est-ce que tout va bien, Erik ?

— Oui, je suis nerveux.

Il revint devant elle et captura sa main dans la sienne.

— Nerveux ? Pourquoi ?

— Parce que… je… voilà, j'ai beaucoup réfléchi à toute cette situation et je me suis rendu compte que je voulais… bon, ça sert à rien de faire de longs monologues, s'arrêta soudain Erik en s'agenouillant devant elle, une main toujours scellée à celle de la jeune femme et l'autre tenant les fleurs. Est-ce que tu veux m'épouser, Scarlett Swanson ? Et ce n'est pas une blague.

Scarlett n'aurait pas été aussi abasourdie si un flamand rose s'était subitement introduit dans sa chambre pour lui danser la samba. Rien ne l'avait préparée à recevoir cette demande en mariage, encore moins d'Erik, avec lequel elle n'avait partagé que des baisers et des moments d'amitié.

Frémissante sous le coup du choc, elle le dévisagea d'un œil embué de larmes, à la fois émue, reconnaissante et terriblement déçue par ce qu'elle s'apprêtait à dire. Si moins d'un an plus tôt, son petit cœur s'était enflammé pour les yeux bleus de ce pompier doux et protecteur, Keir s'était empressé de fracasser ses rêves à l'eau de rose pour l'initier à la passion et l'amour brut.

Dorénavant, le mariage n'entrait plus dans sa ligne de mire, sauf si le prétendant se nommait Keir Dalglish. Malgré les blessures passées, c'était le père de son bébé qu'elle voulait pour époux et nul autre homme.

Mutique, emplâtrée par l'ébahissement, elle arpenta les iris du regard dans l'espoir d'adopter la réaction la plus adaptée qui soit. Ce fut à ce moment qu'elle vit, parmi toutes les fleurs bleues, un écrin en forme de cœur blanc, ouvert sur une bague surmontée d'un petit diamant.

Dites-moi que je rêve !

Que se passait-il ? Cette scène semblait surréaliste, tirée d'une pièce de théâtre.

Elle devait réagir et balayer les malentendus tout de suite.

Un peu plus lucide et prise d'un élan de compassion, elle aida Erik à se relever et inspira profondément. C'était l'heure de jouer aux tragédiennes passionnées, un peu inaccessibles, pourvues d'un grand cœur et nourries d'un amour unique, voué à un seul homme.

En l'occurrence, Keir Dalglish.

— Erik, je suis vraiment très touchée, honorée même par ta demande... je ne m'attendais pas à tant d'égard, mais je suis tombée amoureuse et...

Sa phrase fut coupée par deux coups à la porte, annonçant le retour de Livia, qui pénétra de nouveau dans la chambre en tendant son téléphone portable.

— Désolée de vous interrompre, mais la ligne peut couper à tout moment. Scarlett, Keir aimerait te parler.

Scarlett et Erik blêmirent simultanément.

— Keir... bien sûr, tu l'aimes encore, murmura Erik, le désespoir dans la voix. Je comprends. Après tout, c'est le père de ton enfant. J'espère seulement que tu fais le bon choix.

Scarlett le contempla avec une tristesse sincère. Cet ami était un homme bon, authentique, celui qu'elle aurait dû attendre et aimer. L'arrivée du démoniaque Keir avait chambardé toute son existence en la détournant de la voie de la raison pour l'entraîner sur un terrain escarpé, creusé de fossés, à l'horizon incertain.

— Livia, dis à Keir que je ne veux pas lui parler. Ce n'est pas le moment. S'il a attendu plusieurs mois avant de me contacter, il peut attendre encore.

— Tu veux vraiment que je dise ça ?

Scarlett leva les yeux au ciel face à la grimace de sa cousine, qui n'aimait pas les entorses à la diplomatie.

— Oui.

Livia soupira, puis répéta mot à mot les paroles de Scarlett. L'instant d'après, la conversation était coupée et elle put se refocaliser sur sa cadette et le pompier.

— Si tu ne veux pas lui parler, il m'a dit qu'il allait t'écrire un mail. Peu importe, vous allez bien trouver une manière de communiquer... j'espère que je ne vous ai pas dérangés dans une conversation importante au moins ?

Le sourire feint d'Erik n'atteignit pas ses yeux et Livia subodora une déconvenue. Elle l'interrogea de son regard myosotis, lorsque tout à coup, le petit écrin blanc lui apparut parmi les iris bleus.

Sa bouche s'arrondit sur une interjection muette.

— Ne me dites pas que...

— J'ai demandé Scarlett en mariage, mais elle a refusé. Je comprends. Elle doit tenter sa chance avec Keir.

La principale concernée piqua un fard et décida de se rasseoir sur son lit, ses jambes ne pouvant plus la soutenir. L'excès d'émotions pesait tellement qu'il finirait par la priver de toute son énergie.

Un ange passa...

— Je vais aller prendre l'air quelques minutes, énonça Erik en posant le bouquet près d'elle.

Soudain, les éclats du diamant l'éblouirent quand il fut traversé par un rayon solaire.

Livia attendit qu'il quitte la chambre pour s'installer à côté de sa cousine et expirer bruyamment.

— Tu en brises des cœurs, mon chaton.

— Ça me fait mal aussi.

— Je sais. Erik est un chic type.

— Il mérite une femme merveilleuse.

Livia glissa une main dans celle de sa cadette en signe de soutien.

— Maintenant que j'y pense, commença-t-elle après une brève réflexion, Erik est l'anagramme de Keir. Mêmes lettres, mais le tout mélangé dans deux sens différents en formant des personnalités opposées.

— Excellente remarque. Je ne l'aurais certainement jamais deviné.

— Erik plaît à ta raison et t'offre de la tendresse, tandis que Keir t'a volé ton cœur et met le feu à tes sens. C'est toujours la même dualité.

— Quel est le meilleur choix selon toi ?

— Je ne saurais le dire... les deux sont uniques et te correspondent.

Scarlett posa une paume affectueuse sur le ventre arrondi de Livia, caché par une tunique en coton bleu qu'elle avait associée à un legging noir, puis se mit à le caresser d'un air rêveur.

La belle blonde la laissa faire, attendrie, avant de l'informer d'une chose :

— Tu sais que parmi les peuples de l'Himalaya il existe encore des femmes polyandres, qui ont plusieurs maris ?

— Vraiment ?

— Oui. Généralement, ça règle en un claquement de doigts ce genre de conflits cornéliens.

Un sourire fleurit sur les lèvres de Scarlett pendant qu'elle continuait à dorloter le ventre encore plein de son aînée.

— C'est un compromis intéressant, mais je crois que je n'assumerais pas deux hommes en même temps. Trop de surmenage. Je tiens à mon équilibre émotionnel. Et puis, tu me vois vivre en Himalaya ?

Chapitre 7

Craven street, cinq jours plus tard

Seulement une semaine après leur hospitalisation, Scarlett et Bruce avaient enfin retrouvé le confort de la maison familiale en compagnie de Livia et Joan. Cette dernière comptait rester deux semaines de plus, afin d'aider sa fille à s'adapter à sa nouvelle vie de mère sans l'aide précieuse des puéricultrices.

Bruce endormi dans le couffin posé à côté de son lit, Scarlett profita de ce moment de répit pour s'étendre sur le matelas, devant son ordinateur portable et vérifier ses e-mails. Depuis le dernier appel, Keir n'avait pas cherché à la recontacter de manière téléphonique et elle savait que ce n'était pas pure bouderie. S'il ne s'était pas encore manifesté, c'était sûrement à cause de ses prérogatives de capitaine.

Toutefois, il avait évoqué un mail auprès de sa cousine et elle était curieuse de vérifier la véracité de cette information.

Son cœur manqua un battement en découvrant un nouveau message au nom du capitaine Keir Dalglish de la U.S.M.C, qui ne lui avait jusqu'à présent jamais écrit. Sans attendre, elle l'ouvrit en tremblotant d'impatience.

De : Keir Dalglish <keir.dalglish@usmc.mil>
À : Scarlett Swanson <scarlett@swanson.me>
Envoyé le : Mercredi 18 février 2009 14 h 31
Objet : Si tu veux la paix, prépare l'amour

Feu follet,
Ouvre la pièce jointe.
K.

Sans attendre, elle cliqua sur la pièce jointe, qui mit un peu de temps à s'ouvrir, puis comprit qu'il s'agissait d'une vidéo, d'une durée de trois minutes et douze secondes.

Le visage de Keir apparut subitement sur son écran et son cœur se mit à trépigner d'appréhension. Assis dans son bureau de la base américaine où il était affecté, vêtu de son uniforme treillis et visible jusqu'au milieu de la poitrine, il fixait la caméra de ses yeux impénétrables et parlait avec la fermeté propre à un son rang :

« Scarlett, ne fuis pas devant mon visage et reste sagement devant ton ordinateur pour m'écouter. J'espère que tu te ménages et que tu te portes bien. Livia nous donne des nouvelles et je sais que tu en as bavé. Par ma faute. Je comprends tous les ressentiments que tu nourris à mon égard et ton refus de me parler. Après tout, c'est moi qui me suis barré et qui t'ai maudite le premier. Quand tu m'as annoncé ta grossesse, j'ai eu l'impression d'étouffer. La peur, sûrement. Avant ce moment, jamais je n'avais pensé être père un jour. C'était un projet qui ne faisait pas partie de mes priorités. Je me pensais baroudeur, irresponsable, épris d'une liberté totale… je ne voulais ni femme ni gosse. Et tu le savais. Je me suis toujours arrangé pour que ça n'arrive jamais. Mais les choses ont changé avec toi, dès le début. C'était très étrange, je ne pouvais pas te considérer comme les autres femmes. Depuis notre rencontre, tu as toujours été un peu spéciale, la petite sauvageonne de service qui m'agaçait, qu'il ne fallait pas toucher et surtout pas aimer… au final, j'ai foiré, je suis passé outre mes principes. Au fond, je crois que tu m'as toujours attiré et pas seulement parce que tu es rousse. Ton panache, ton humour, ta joie de vivre me séduisent depuis longtemps, mais je crois que je suis tombé amoureux de toi le jour où tu t'es mise à me soigner le pied. Tu te souviens de l'épisode de l'oursin ? C'est idiot, hein ? Mais ce jour-là, j'ai su que je ne serais jamais entier si tu n'étais pas à mes côtés. Et ça aussi, ça m'a fait flipper, tu comprends ? Ressentir des sentiments nouveaux, démesurés, qui te prennent à la gorge et t'obsèdent le jour comme la nuit, ça rend fiévreux et nerveux. J'ai préféré fuir, te malmener, te reprocher tous les symptômes bizarres qui me tétanisaient. »

Dans la vidéo, elle put voir Keir marquer une pause réflexive.

« En six mois, j'ai eu le temps de cogiter par ici. De mûrir. J'ai envie de trouver la paix avec moi-même et avec toi. J'ai envie de vous aimer sans limites, toi et le fils que tu viens de me donner. J'ai envie de recommencer à zéro et j'en appelle à ta clémence pour que tu acceptes de m'accorder une chance. Je ne suis pas le meilleur des hommes, ni même le plus intelligent, le plus riche ou le plus beau, mais dès que je fais un choix et décide de me vouer corps et âme à un projet, je m'y tiens jusqu'au bout. Il s'avère que j'ai choisi de me consacrer à vous deux. »

Sa voix semblait aussi immuable que les nuances métalliques de ses yeux. Il était déterminé.

« S'il te plaît, réponds à mon message et envoie-moi une photo ou une vidéo de notre bébé et de toi. C'est la seule chose qui me réconforterait ici. Merci de m'avoir écouté et n'oublie pas mes mots. *Slàn leat, mo chridhe.* »

La vidéo s'arrêta l'instant d'après. Étreinte par l'émotion, Scarlett laissait des larmes involontaires dévaler ses joues. Elle avait attendu ce premier pas depuis une éternité et semblait se revigorer de ses mots, de la sincérité qu'elle percevait virtuellement. Elle voulait l'appeler sur-le-champ, lui écrire tous les mots enflammés qui pullulaient dans son esprit, mais sa petite fierté l'en dissuada. Ce n'était pas avec des excuses qu'il allait être pardonné aussi aisément. Il lui fallait des preuves.

L'amour incommensurable de Scarlett n'empêchait pas une retenue. Il était primordial de se montrer distante et un peu inaccessible, le temps nécessaire pour éprouver les véritables sentiments de Keir.

Cependant, après avoir revisionné deux fois de suite la vidéo, elle décida de répondre à ses désirs en prenant quelques clichés de leur bébé, si craquant dans le creux de son couffin, puis les transféra sur son ordinateur avant de rédiger sa réponse.

Assis devant son bureau, Keir était en train de retranscrire par écrit ses rapports quand une alerte lui annonça l'arrivée d'un nouveau message dans sa boîte mail. Il l'ouvrit aussitôt et une esquisse de sourire fleurit sur ses lèvres quand il découvrit les phrases de Scarlett et les photos d'un bébé blond, potelé et délicieusement assoupi dans son berceau, entouré d'un contingent de peluches Disney.

La poitrine de Keir se gonfla d'une fierté et d'une félicité singulière à la découverte de son petit garçon. Était-il possible qu'ils aient fait ensemble un être aussi innocent et beau ? C'était un miracle divin.

Malheureusement, nul portrait de sa rouquine n'apparaissait à l'écran et cela le frustra à moitié.

De : Scarlett Swanson <scarlett@swanson.me>

À : Keir Dalglish <keir.dalglish@usmc.mil>
Envoyé le : Dimanche 22 février 2009 19 h 14
Objet : RE : Si tu veux la paix, prépare l'amour
Keir,

Voilà un désir paternel surprenant! J'en suis sans voix... quant à toi, tu en es presque romantique dans ce décor guerrier, à nous réciter une déclaration d'amour. On dit souvent que le front vous change un homme.

Bruce est un bébé en bonne santé et après une semaine à l'hôpital, il ne ressemble plus aux prématurés de son type. Il semble avoir une constitution robuste comme la tienne. C'est un petit ange très gourmand, qui s'abreuve de lait à longueur de journée et dort beaucoup. Les seules fois où il ouvre les yeux, j'ai l'impression que ce sont les tiens qui m'observent. Bien sûr, tous les bébés ont la réputation de naître avec les yeux gris, mais j'ai l'intime conviction qu'il aura ton regard quand il sera plus grand. D'ailleurs, c'est ton portrait craché.

Quand reviens-tu? Qu'entends-tu par : «Il s'avère que j'ai choisi de me consacrer à vous deux»?
S.

Keir dénota une once de sarcasme au début du mail. Il s'était attendu à ce genre de remarques et n'en fut pas froissé. C'était une réaction justifiée et il connaissait assez bien le tempérament de Scarlett pour savoir qu'elle ne se jetterait pas dans ses bras sans l'avoir torturé avant.

De : Keir Dalglish <keir.dalglish@usmc.mil>
À : Scarlett Swanson <scarlett@swanson.me>
Envoyé le : Dimanche 22 février 2009 14 h 24
Objet : RE : Si tu veux la paix, prépare l'amour

Mo chridhe,

Je ne relèverai pas ton ironie, tu as le droit de m'en vouloir. Laisse-moi seulement te prouver que j'ai les qualités pour être digne de vous deux. Je suis supposé revenir en Caroline du Sud à la mi-avril et à ce moment-là, je viendrai vous serrer dans mes bras et assumer mes responsabilités envers vous. Je ne veux plus fuir.

Bruce est le plus merveilleux bébé que j'aie jamais vu, peut-être parce que c'est le nôtre ? On a fait un excellent travail.

Merci, ma rouquine.

K.

P.S. : Pourquoi tu ne m'envoies pas une photo de toi ? J'aimerais avoir ton portrait en permanence.

De : Scarlett Swanson <scarlett@swanson. me>
À : Keir Dalglish <keir.dalglish@usmc.mil>
Envoyé le : Dimanche 22 février 2009 19 h 42
Objet : RE : Si tu veux la paix, prépare l'amour

J'AI fait un excellent travail. Je l'ai porté pendant 35 semaines et j'ai souffert le martyre plus de 7 heures pour le faire sortir. Toi, tu n'as fait que l'ensemencer, mon vieux. 5 % du travail contre 95 %. Et malgré tous ces efforts fournis, on dirait que les 5 % ont eu l'ascendant sur le physique de Bruce. Je prie tous les jours pour que ton héritage génétique s'arrête à l'apparence. J'espère qu'il aura mon caractère.

Je t'ai voué à tous les diables durant l'accouchement, même si je dois dorénavant te remercier pour ta contribution à la procréation de notre bébé. Je ne comprends pas pourquoi on n'attribue pas de médailles pour les nouvelles mamans. D'après Livia, les femmes spartiates étaient très respectées en devenant mères. Certaines, lorsqu'elles avaient le malheur de mourir en couches, recevaient des funérailles dignes de héros national pour avoir donné la vie à un futur guerrier. C'est tellement honorable !

Aujourd'hui, on devrait encore avoir ce genre de reconnaissance.

Rentre entier,

S.

P.S. : Pas de photos de moi. Tu n'imagines même pas combien de kilos j'ai pris par ta faute.

De : Keir Dalglish <keir.dalglish@usmc.mil>
À : Scarlett Swanson <scarlett@swanson.me>
Envoyé le : Dimanche 22 février 2009 14 h 57
Objet : RE : Si tu veux la paix, prépare l'amour
Madame la Spartiate,

Je vois qu'on a toujours tendance à prendre la mouche aussi facilement ! Soit, tu as fait tout le travail gestationnel, mais n'oublie pas que sans moi, il aurait été difficile de concevoir Bruce. Je remonterai un peu les pourcentages : 50/50 pour toi et moi.

J'espère aussi qu'il aura ton caractère de sauvageonne, ça a son charme.

Quant à l'accouchement, je m'incline devant toi et je remercie le Seigneur d'être né homme. J'ai assisté à un enfantement en Afghanistan, dans des conditions on ne peut plus précaires, et j'ai vu l'effort que ça nécessitait. Une expérience traumatisante... Tu auras ta médaille honorifique si tu le veux.

J'aimerais être à vos côtés,

K.

P.S. : Bien sûr, je suis la cause de ta gourmandise compulsive, mo chridhe. Peu importe, tu sais que j'ai toujours aimé les femmes pulpeuses.

De : Scarlett Swanson <scarlett@swanson.me>
À : Keir Dalglish <keir.dalglish@usmc.mil>
Envoyé le : Dimanche 22 février 2009 20 h 18
Objet : RE : Si tu veux la paix, prépare l'amour
Caractère de sauvageonne? Je dois le prendre comment de la part d'un ours mal léché?

Cordialement,

S.

P.S : Admire.

Keir ouvrit la pièce jointe qu'elle venait de lui envoyer et découvrit, un rire dans la gorge, une photo de ses magnifiques pieds laiteux, manucurés de vernis rouge. Apparu également ses chevilles et le chardon écossais qu'elle s'était fait tatouer en sa compagnie. Un souvenir hilarant et délicieux qu'ils avaient partagé ensemble.

De : Keir Dalglish <keir.dalglish@usmc.mil>

À : Scarlett Swanson <scarlett@swanson.me>
Envoyé le : Dimanche 22 février 2009 15 h 5
Objet : RE : Si tu veux la paix, prépare l'amour
CORDIALEMENT ? Je te signale que tu parles avec le père de ton fils et qu'on a fait des trucs ensemble qui explosent tous les codes protocolaires. Tu dois rougir jusqu'au blanc des yeux en y pensant.
Fiévreusement,
K.
P.S. : Je vois que tu n'as pas perdu ton sens de l'humour. Ceci dit, tu as toujours d'aussi beaux pieds.

De : Scarlett Swanson <scarlett@swanson.me>
À : Keir Dalglish <keir.dalglish@usmc.mil>
Envoyé le : Dimanche 22 février 2009 20 h 23
Objet : RE : Si tu veux la paix, prépare l'amour
Taratata !
Réfrénez vos ardeurs, capitaine Dalglish !

De : Keir Dalglish <keir.dalglish@usmc.mil>
À : Scarlett Swanson <scarlett@swanson.me>
Envoyé le : Dimanche 22 février 2009 15 h 29
Objet : RE : Si tu veux la paix, prépare l'amour
Il ne fallait pas me montrer une photo de vos pieds et chevilles, mademoiselle Swanson. C'est d'un érotisme... !
Je dois retrouver les autres. N'hésite pas à m'envoyer d'autres clichés de Bruce au jour le jour. Je regrette déjà de ne pas avoir été là pour sa naissance, ni même pour

son évolution pendant ta grossesse. J'aimerais seulement
suivre sa métamorphose jusqu'à mon arrivée.
Faites de beaux rêves.
XOXO.

À la fin de leur échange, Scarlett éteignit son ordinateur
et se pencha sur le berceau de Bruce pour l'admirer dans son
sommeil, toujours plus amoureuse de son bébé au fil des minutes
écoulées, quand des bruissements d'hélices d'hélicoptère se
perçurent étrangement au-dessus de son toit.
Je rêve?
L'instant d'après, Livia et Joan pénétraient dans sa chambre
en l'invitant à sortir de la pièce, sans ommettre de glisser le bébé
entre ses bras.

— Que se passe-t-il? les interrogea-t-elle en dévalant
lentement les escaliers, plus inquiète qu'excitée par leurs
larges sourires. Et pourquoi j'ai l'impression qu'un hélicoptère vole au-dessus de ma maison?

— Ce n'est pas une impression, ma puce, assura Livia
comme Joan les précédait à grands pas pour ouvrir les
portes françaises du salon menant au jardin édénique.

— Qu'est-ce que vous me réservez encore?

Malgré l'inquiétude que l'on percevait dans sa voix,
Scarlett n'essaya pas de leur échapper et sortit bientôt
dans son jardin, toujours en resserrant son étreinte
autour de Bruce. Si la température était ambiante, les
hélices d'un hélicoptère volant à une quinzaine de mètres
au-dessus de leurs têtes soufflèrent un vent tiède sur leurs
peaux. Estomaquée, Scarlett regarda l'engin d'un œil
craintif, voulant rebrousser chemin pour se refugier dans

son salon, lorsqu'il lui sembla reconnaître la chevelure blanche de John à travers les vitres du cockpit.

— Mais qu'est-ce qu'il fait ? cria-t-elle à l'adresse de Livia.

Sa cousine la força à reporter son attention vers les cieux pour admirer, la surprise au bout des lèvres, la pluie de corolles de roses de Damas qu'un homme en uniforme treillis et caché derrière des lunettes de soleil — certainement Lex — commençait à verser sur elles en chargeant l'atmosphère du parfum capiteux des fleurs.

— On se croirait dans le tableau *Les Roses d'Héliogabale* de Lawrence Alma-Tadema ! s'émerveilla Livia, les mains tendues en coupes vers le ciel pour récupérer entre ses paumes quelques fleurs égarées.

Scarlett ne connaissait pas cette peinture, mais ne put qu'opiner face à son éblouissement. Jamais elle n'aurait cru voir une tempête de roses s'abattre sur son jardin. Cela tenait de la chimère !

Les femmes furent incapables de les compter tant elles étaient nombreuses. Peut-être que ces roses dépassaient le millier pour recouvrir avec autant de grâce et de générosité la pelouse verdoyante du jardin ? On aurait dit qu'un tapis rose avait été déroulé dessus pour les inviter à s'y allonger paresseusement.

— Mais pourquoi font-ils ça ? poursuivit Scarlett quand la dernière rose de Damas sillonna les airs avant de se fondre allègrement parmi ses semblables.

Ni Livia ni Joan n'eurent le temps de répondre que déjà, par le biais d'un mégaphone, celui qui s'était amusé à déverser les roses sur elles, annonçait cérémieusement en trahissant sa voix de cuivre, que seul Lex pouvait se targuer d'avoir :

— De la part du capitaine Keir Dalglish! Il a pensé qu'un bouquet de fleurs serait trop modeste!

Sans blague...

Bruce ouvrit les yeux en même temps que ceux de sa mère s'écartaient de surprise et de bonheur tressés.

Où s'étaient-ils procurés toutes ces fleurs?

L'instant d'après, l'hélicoptère s'éloignait en brassant sur son passage l'air embaumé du parfum oriental des roses. Et bien vite, il ne ressemblait plus qu'à un oiseau migrateur, parti se poser sur une terre qu'elles devinèrent sans grande peine: la base militaire où officiait John.

— Je n'ai encore jamais vu le père de ton fils, ma chérie, mais il a l'air d'être épatant... vraiment épatant! s'exclama Joan en allant plonger son visage dans un monticule de roses de Damas.

Épatant. C'était bien le mot.

Même à des milliers de kilomètres, l'homme qu'elle aimait savait la surprendre de manière positive. Nul doute que ce cadeau était digne d'un vieux film ou d'une folie passagère.

Keir était original et avait eu le bon goût de s'entourer d'amis aptes à exécuter ses lubies.

Il marquait un point.

Elle adorait les roses de Damas et elle le remercierait dans son prochain mail pour ce geste romanesque.

Mais elle ne cèderait pas aussi vite pour des fleurs. Pas maintenant.

Chapitre 8

Cinq semaines plus tard

Deux bambins glapissaient à l'unisson dans le salon des Rowe où Scarlett, Livia et Hudson, par bonheur revenu il y a deux semaines de mission pour la naissance de sa fille, Luna, se tenaient en nourrissant et jouant avec leurs enfants.

Un chiffon sur l'épaule, un biberon dans une main et son bébé calé dans l'angle de son bras, contre son torse, Hudson nourrissait la minuscule fillette aux immenses yeux myosotis que lui avait donnée son épouse. Elle était si petite que son père s'amusait à la surnommer Poucelina, même si cela n'empêchait pas ses braillements d'être disproportionnés par rapport à son jeune coffre.

— Si tu l'avais entendue cette nuit... elle hurlait à nous en percer les tympans, soupira Hudson à l'adresse de Scarlett, qui promenait Bruce dans son landau-calèche vintage, au sein même de la pièce pour le bercer.

— Elle a une tessiture de voix plutôt intéressante. Peut-être qu'elle sera cantatrice, se gaussa l'infirmière avec un regard affectueux pour sa nièce.

Le poupon était la version miniature de sa cousine, une poupée de magazine en grenouillère, déjà charmeuse par son regard à la Liz Taylor et son sourire irrésistible. Jusqu'à présent, la seule chose qu'elle tenait de Hudson était le jais de ses petits cheveux.

— Cantatrice ? Voilà qui devrait plaire à Livia.

Assise aux côtés de son mari et de sa fille, elle plaqua ses mains l'une contre l'autre en signe de prière, l'air rêveur, et s'exclama :

— Je vois tellement Luna en héroïne tragique, chantant la *Traviata* dans les plus belles salles du monde. Hudson, tu l'imagines dans vingt ans, à l'Opéra Garnier de Paris, à la Fenice de Venise ou encore à la Scala ? Une Cecilia Bartoli en devenir…

— Tu es contente, Scarlett ? Avec tes réflexions, Livia n'en démordra plus, les taquina Hudson en contemplant sa fille. Tu as envie de briser du cristal avec ta voix, ma lune ?

Le biberon en bouche, Luna observa son père sans rien comprendre, mais paraissait visiblement fascinée par le regard émerveillé dont il la couvrait.

— Une cantatrice dans la famille Rowe… ça tiendrait de l'inédit. Mais peut-être qu'elle aura envie de devenir pâtissière ou même marine.

— Ou archéologue, renchérit Livia, toujours aussi inspirée. Au final, peut-être que ce sera Bruce le futur ténor dans cette famille !

— Je sais pas si Dalglish voudrait voir son fils chanteur d'opéra, railla Hudson en dirigeant son regard vers Scarlett, qui s'était peu à peu ralentie. D'ailleurs, vous êtes toujours en contact tous les deux ? Tu continues à lui envoyer des photos de Bruce ?

— Oui, quand j'ai le temps. Nos échanges se sont un peu espacés à cause de ses missions quotidiennes. On a retrouvé une relation cordiale pour le moment, même si ça reste à distance. J'attends des preuves.

— Pour cela, tu devrais lui proposer de vivre avec Bruce et toi le temps de quelques semaines, histoire d'installer un équilibre entre vous trois. Pour le moment, on vous demande seulement de devenir amis pour votre fils, de cohabiter et de réfléchir longuement à la manière dont vous allez gérer la relation dans le futur, expliqua Hudson en retrouvant son sérieux. Et puis, avec Keir à tes côtés, tu seras moins harassée entre tes devoirs de mère, ton travail et toutes les choses qui font ton quotidien. Il pourra t'apporter de l'aide sur tous les plans. Vous n'avez pas encore évoqué une éventuelle cohabitation ?

— Si, mais je ne lui ai pas encore donné mon assentiment.

— C'est la chose à faire, Scarlett. Appelle-le ce soir et dis-lui que vous allez vivre ensemble à son retour. Je sais qu'au fond de toi, tu l'aimes toujours, si ce n'est plus qu'avant, et que tu souhaiterais partager ta vie en sa compagnie. Mets ton orgueil de côté et donne-lui sa chance. Dalglish n'est pas du genre à répéter ses conneries, surtout quand il veut les réparer.

Une poignée d'heures plus tard, Scarlett se pomponnait devant le miroir de sa coiffeuse, maquillant ses lèvres de rouge et lâchant ses cheveux pour les laisser flotter sur ses épaules. Depuis son accouchement, Lex lui avait confectionné sur mesure un programme sportif et nutritif afin de perdre rapidement du poids. Délestée d'une dizaine de kilos, la jeune femme se sentait de nouveau à l'aise pour arborer de jolies tenues et se présenter à la caméra de sa webcam, qu'elle allait utiliser pour la première fois avec Keir.

— Il est l'heure de parler à ton père, lança-t-elle à Bruce, étendu dans son berceau et attendant les bras de sa mère pour s'y lover.

Une fois son fils contre elle, Scarlett s'assit sur le lit, alluma son ordinateur portable, puis appela son ancien amant à travers Skype.

Au bout de douze secondes, Keir apparut dans leur champ de vision. Si Bruce écarta les yeux, comme hypnotisé par l'homme qui se tenait derrière l'écran, Scarlett sentit son cœur faire un triple salto avant.

— Par tous les saints, Scarlett... tu es magnifique.

— Inutile de m'acheter avec tes compliments. On doit parler de l'avenir.

Elle crut deviner un sourire sur les lèvres du militaire.

— Je n'attends que ça : parler de l'avenir.

Comme dans la précédente vidéo, il se trouvait dans son bureau de fonction, en tenue treillis. Depuis son retour sur le terrain, il semblait s'être encore étoffé, mais c'était peut-être l'écran qui l'épaississait un peu.

Scarlett ne put que le trouver séduisant et cette faiblesse des sens et d'esprit l'agaça.

Garde ton sang-froid.

Keir agita sa main en direction de la caméra et dit d'une voix tendre, qu'elle ne lui connaissait pas :

— Bonjour, Bruce. Tu reconnais papa ?

— Il a six semaines, comment tu veux qu'il te reconnaisse ?

— C'est dans les gènes.

— Il te reconnaîtra mieux une fois que tu l'auras serré dans tes bras et que tu vivras avec nous.

Keir se reconstitua un visage sérieux.

— Alors, tu acceptes ?

— Seulement pour Bruce. Il a besoin d'un père.

— Oui, bien sûr. Et toi, tu es complètement indépendante.

— Objectivement, je n'ai pas besoin de toi.

— Et subjectivement ?

— Je pense qu'il faudrait que nous ayons de *bons* rapports.

— Seulement de bons rapports ?

— C'est déjà pas mal après la manière dont on s'est quittés. Quelle est ta date exacte de retour déjà ?

— Le 25 avril si tout se passe bien.

— Que dirais-tu de rester quelques semaines avec Bruce et moi ? Après, on verra comment on procèdera.

— D'accord.

La docilité virtuelle de Keir la surprit et la soulagea en même temps.

— Tu ne sais pas combien je suis heureux de vous voir, tous les deux. Notre fils grandit à vue d'œil.

— C'est fascinant d'avoir un bébé à la maison. On ne s'ennuie jamais.

Une porte claqua dans l'écran et un autre militaire apparut dans le dos de Keir, visiblement empressé de lui communiquer un message.

— Capitaine Dalglish, on vous demande pour une interview. Vous pouvez venir ?

Keir s'était retourné dans son siège.

— C'est urgent ? Je suis en train de parler avec mon bébé.

— Oui. La journaliste est en train de gonfler le lieute-nant-colonel Brooks et il demande toute votre diplomatie pour le sortir de ce calvaire.

Scarlett eut du mal à endiguer un ricanement. Keir était l'une des personnes les moins *diplomatiques* qu'elle connaissait.

— On n'est jamais tranquilles par ici. Quand ce ne sont pas les ennemis, ce sont ces foutus gars de la CNN. Dites au lieutenant-colonel que j'arrive.

Le second militaire disparut et Keir put se refocaliser sur les visages de Scarlett et Bruce.

— Vous avez entendu, je dois filer. On essaie de se reparler par Skype ?

— Oui.

— Je vous aime.

— J'espère que la journaliste est belle, répondit Scarlett, un peu acide, ignorant volontairement son expression affective.

— Je suis chaste comme le pape depuis des siècles et je ne vois qu'une seule femme en pensées : elle est rousse, elle est insolente et elle porte mon bébé dans ses bras.

L'instant d'après, la connexion coupait et Bruce geignait contre le sein de sa mère.

Une chose de réglée.

Chapitre 9

Au cœur de la Caroline du Sud, 25 avril 2009

À peine sorti de l'avion militaire qui venait de déposer sa section à l'aéroport international de Charleston, Keir sauta dans le premier taxi qu'il trouva et fonça chez lui. Là, il put prendre une douche rafraîchissante, troquer son uniforme poussiéreux pour un ensemble de ville printanier, préparer une petite valise, puis s'installer au volant de sa voiture pick-up afin de rejoindre le centre-ville et s'adonner à une séance de shopping.

Avec une coquette somme en poche, il prévoyait de dévaliser toutes les boutiques destinées aux enfants, impatient de gâter ce fils dont il avait manqué la naissance, le premier cri, les premières larmes et le premier sourire. Il avait également hâte de rencontrer Luna, sa petite nièce de cœur, qu'il verrait chez Hudson à l'occasion d'un barbecue organisé pour fêter son retour.

Au total, il fourragea dans cinq boutiques de Charleston, achetant successivement un énorme ours en peluche couleur sable et habillé à la mode de l'Uncle Sam, mesurant près de 150 cm de hauteur sur 100 cm de largeur. Il acquit également des dizaines d'habits pour les premiers mois de Bruce et Luna, des accessoires destinés à embellir leurs tenues, deux veilleuses en forme d'hippopotame, ainsi que deux magnifiques capelines en paille, ornées de rubans et de fleurs artificielles, à rendre jaloux tous les chapeliers anglais ou italiens. Ces accessoires rehausseraient les beautés de Scarlett et Livia.

Chargé par tous ses achats, qu'il rangea sur la banquette arrière de son *pick-up*, Keir put enfin faire route jusqu'à Beaufort. Jusqu'à Scarlett…

Près de deux heures plus tard, il arriva au centre historique de la ville et se stationna en bordure de Craven Street. Sans perdre une seconde, le capitaine s'éjecta de son véhicule, l'ours en peluche sous un bras et la dizaine de sacs dans le creux des mains, puis se dirigea vers la maison bleue aux volets blancs.

Scarlett venait de poser son fils dans son couffin lorsque la sonnerie de la porte résonna jusqu'à elle en la surprenant. De toutes les personnes invitées au barbecue, il ne manquait plus que Keir, la star de ce rassemblement familial où tout le monde l'attendait avec impatience. Brusquement, elle bondit sur ses pieds comme si un ressort l'avait propulsée en avant, puis se précipita vers l'entrée.

La seconde d'après, la porte cédait à un gigantesque nounours en tenue d'Uncle Sam. Elle haussa un sourcil en se demandant où une telle peluche avait pu être dénichée quand Keir fit apparaître sa tête sur le côté.

— Salut, Scarlett.

Des larmes irrépressibles naquirent aux coins de ses yeux et elle dut se mordre la joue intérieure pour s'exhorter à plus de contrôle. Pourtant, cela faisait des semaines qu'elle préparait ces retrouvailles.

Un bref silence plomba l'ambiance.

Keir la dévisagea et la trouva particulièrement ravissante dans une robe arachnéenne couleur pêche, qui accentuait sa nouvelle grâce de mère. Quelque chose de merveilleux avait éclos en elle et sa beauté n'en fut que plus mûre. Sa poitrine alourdie par le lait maternel comblait tout le décolleté avec rondeur et délice, alors que ses hanches semblaient plus épanouies sous la mousseline de sa tenue. Ses cheveux étaient toujours aussi longs, son faciès, toujours aussi délicat, et ses yeux scintillaient toujours de cette lueur frondeuse à chaque fois qu'ils se retrouvaient.

Enfin !

— Cette peluche est pour Bruce ? lança-t-elle en guise de salutations.

— Pour toi. Un nounours réconfortant de la part d'un ours mal léché.

— Toujours autant d'humour.

— Toujours autant de charme. Tu t'es embellie.

Hudson arriva à ce moment-là et l'émerveillement se peignit sur la figure de Keir à la découverte du minuscule bébé en grenouillère rose, lové dans les bras de son meilleur ami en promenant ses immenses yeux myosotis sur le nouveau venu.

— Bienvenue, Dalglish. Je te présente Luna, mon trésor.

Keir avait déjà vu des photos de la petite fille, mais la découvrir en chair et en os fit spontanément vibrer l'instinct paternel qu'il recelait en lui.

— C'est un peu ma fille aussi, se réjouit-il en pénétrant à l'intérieur de la maison quand Scarlett ouvrit plus largement la porte.

La jeune femme fut touchée par la façon dont il réagit face au bébé de leur ami et l'aida à porter l'immense peluche en même temps qu'il dévoilait ses mains chargées de sacs d'achats.

— Seigneur, mais c'est quoi tout ça ?

La dernière fois que Scarlett avait vu autant de cadeaux, c'était le soir où elle avait passé Noël avec ses collègues à l'hôpital.

— Des cadeaux pour Bruce, Luna, Livia et toi.

— On n'avait pas besoin de tant de générosité.

— Scarlett, l'avertit Hudson avec une pointe de remontrance dans la voix. Keir fait des efforts, à toi d'en fournir en retour.

Le regard pesant de Hudson la déstabilisa et elle dut resserrer son étreinte autour de la peluche en quête de réconfort. Il avait raison, cela ne servirait à rien de piquer son ancien amant. Elle devait déployer sa grandeur d'âme, solliciter sa mansuétude et l'accueillir avec amitié.

Après un petit soupir, elle lança :

— Bruce joue avec Livia et les autres invités dans le salon.

À la fin de sa phrase, Scarlett s'éloigna en direction de la salle de séjour. Hudson demeura un bref instant avec Keir et lui souffla :

— Sois patient, mon vieux. Elle est amoureuse de toi et ça la chiffonne.

— Je comprends, j'aurais certainement été dans le même cas si j'étais amoureux de moi-même.

Keir appuya sa phrase d'une caresse tendre sur la joue de Luna, qui agrandit un peu plus son regard en retour.

— Tu la fascines, Scarface.

— Ta fille a déjà la beauté de sa mère. Tu auras beaucoup de soucis à te faire quand elle sera en âge de se maquiller et de fréquenter des garçons !

— Oh non ! J'ai prévu de l'envoyer dans un monastère Shaolin dès l'âge de quinze ans pour éviter ce genre de problèmes.

— Ça ne fera que déporter le problème en Asie !

Pour le coup, Hudson céda à un petit rire arrosé de fierté paternelle, puis l'invita à le suivre dans le salon, où cinq autres personnes étaient rassemblées autour d'un berceau posé à proximité du canapé.

— Ton fils n'attendait que toi, Dalglish, lui murmura son ami au moment où Scarlett déposait la peluche sur le sofa pour se pencher vers le couffin et soulever dans ses bras le bébé qui s'y trouvait.

Keir ne vit pas vraiment le poupon, mais sentit son cœur s'emballer comme le moteur d'un Lockheed Martin F-22 *Raptor*. Sa vue se brouilla un peu lorsque Livia se hâta à sa rencontre avec un sourire radieux.

— Keir ! Quel plaisir de te voir !

La blonde sophistiquée l'embrassa à la joue et il l'étreignit dans ses bras, sentant sous sa robe ample les nouvelles formes qu'avait laissées la grossesse. D'une grande beauté, elle semblait irradier d'une lumière inédite, certainement cette métamorphose avantageuse qu'engendrait la maternité.

— Tu es sublime, Livia, et ta fille est une pure merveille, la complimenta-t-il.

Elle libéra un rire de dryade et l'empoigna au bras, l'obligeant ainsi à poser tous ses sacs au sol pour s'établir aux côtés de sa cousine.

— Ton fils est également une merveille, Keir. Regarde par toi-même.

Scarlett et Keir se retrouvèrent une fois encore face à face, au centre de la pièce, silencieusement examinés par les personnes présentes et séparés par une petite silhouette potelée, vêtue d'une grenouillère rouge qui faisait ressortir la blondeur de son duvet. Ses petites mains s'égaraient dans la lourde chevelure rousse de sa mère, tandis que sa tête reposait contre son épaule. Le bébé s'accrochait à elle avec l'amour d'un dévot qui adore sa déesse et passait sous le scanner de ses yeux gris tout ce qu'il voyait. Le moment vint où son regard perlé croisa celui de son père.

Keir eut la sensation poignante que son cœur s'était arrêté. Leurs yeux étaient identiques dans la forme, dans la teinte et même dans le mouvement des sourcils. Sans décrire cette frimousse d'ange, marquée par des traits qui semblaient avoir été tracés du même coup de crayon ayant jadis dessiné les siens.

Mon bébé.

Scarlett ressentit la magie de cette rencontre inédite, son cœur s'éveilla sur une mélodie colorée, intense, battant avec un emballement qu'elle n'avait ressenti qu'à la fin de l'accouchement, quand on avait glissé pour la première fois son fils dans ses bras.

Elle aurait aimé dire quelque chose, mais un verrou avait scellé sa langue. Il ne fallait pas briser ce silence sacré, cette contemplation du père et de son bébé.

Bruce semblait dévisager cet homme, les sourcils un peu froncés, comme s'il cherchait à comprendre son identité, à savoir ce qui l'avait amené ici. Peut-être allait-il brailler à la vue de la balafre ?

Keir retint sous souffle sous l'inspection avide de son fils et manqua crier de joie quand le bambin lui adressa un sourire spontané. En s'incurvant, les petites lèvres révélèrent de profondes fossettes aux joues, les mêmes que se transmettaient les Dalglish de génération en génération.

Keir eut une exclamation en gaélique écossais, qu'il répéta ensuite en anglais.

— Seigneur, c'est bien mon fils !

Scarlett arqua un sourcil.

— Tu en doutais encore ?

Il effectua un dodelinement négatif de la tête et tendit les bras en avant, comme pour lui demander la permission de le porter à son tour. Même si elle avait eu le cœur en glace, Scarlett n'aurait jamais pu refuser à cet homme frappé de bonheur le privilège de sentir la chaleur et le parfum de son fils contre lui.

La jeune femme se rapprocha donc de son ancien amant et lui remit Bruce dans les bras, avec tant de délicatesse qu'on aurait pu croire qu'ils se relayaient une poupée en cristal. Bruce continuait de sourire jusqu'aux oreilles pendant qu'il se lovait dans ce nouveau cocon, puissant, solide, tiède… celui de son père.

— On dirait qu'il te reconnaît, Dalglish. C'est l'instinct filial, observa Hudson.

Tenir son fils dans ses bras procura à Keir tant d'émotions qu'il crut entendre les bourdons et le hautbois d'une cornemuse siffler dans son cœur. Et cette musique était si teintée qu'il pouvait voir l'aurore sur les Highlands à travers le regard de Bruce.

— Que tu es beau, mon garçon !

Comme pour tenir en équilibre sur ses deux jambes, Keir garda solidement son fils dans un bras et ceintura la taille de Scarlett de l'autre. Elle était restée à leurs côtés, immobile sur ses talons et témoin admiratrice de leur première rencontre. Quand sa poitrine rencontra la surface ferme du torse de cet homme qu'elle n'avait jamais cessé d'aimer, sa surprise se révéla sur son visage.

Peut-être qu'une petite résistance aurait été de circonstance pour lui prouver qu'elle n'était pas encore prête à abdiquer. Pas totalement. Cependant, la jeune mère mit en sommeil sa rancœur et rosit même de bonheur au baiser qu'il imprima sur sa tempe.

— Merci, Scarlett.

Son remerciement ne sonna pas creux, mais sortait de ses entrailles. Il n'y avait pas d'autres mots pour décrire sa reconnaissance et son ravissement.

La tension des premiers échanges désenfla et les personnes présentes purent reprendre leur souffle, soulagées par le tournant d'une situation qu'ils pensaient plus laborieuse. Parmi les invités se trouvaient John, Lex et Mimi.

— Tu vois, Scarlett, avec de la patience, les choses s'arrangent, lui remémora Lex en rejoignant les jeunes parents. Bruce est déjà un petit gars costaud et surprenant, Dalglish.

— T'as bien fait d'ouvrir les yeux, mon frère, continua John.

— Je me suis ressourcé pendant tout ce temps. J'ai appris à faire la part des choses et à comprendre ce qui importait vraiment dans la vie.

Plein d'assurance, Keir s'était exprimé en contemplant le visage de son fils, tout en appuyant l'étreinte de son bras sur Scarlett.

La jeune femme sentit un étau se resserrer sur sa gorge, émue et incapable d'émettre le moindre son. Pour une fois, elle ne dit rien et se contenta de poser une main sur celle qui touchait son ventre.

— Tu ne regretteras pas de m'avoir donné une chance, Scarlett.

— J'espère bien, sinon je te mets à la porte.

— Je te permettrai même de me casser la gueule, feu follet.

Un sourire délassé glissa sur les lèvres de la jeune femme, le premier depuis une éternité.

Chapitre 10

Le soir

Recouverte d'un pyjama en satin mauve et hissée à quatre pattes sur son lit, au-dessus de son bébé, Scarlett s'amusait à lui mordiller les pétons à travers le coton de sa grenouillère blanche, sur laquelle était brodé la phrase « America calls him Marine, I call him Dad », accompagnée du logo emblématique de la U.S.M.C. Il s'agissait d'un cadeau de Hudson, qui, par jeu et patriotisme, revêtait également sa fille du même style de vêtement.

Comme hypnotisé par les grands yeux verts de sa mère, son visage et sa chevelure rougeoyante, qu'il adorait mâchouiller ou caresser quand il était dans ses bras, Bruce épiait Scarlett avec un sourire béat, resplendissant de fossettes.

— Oh, mon petit bouchon, tu sais que tu as le plus beau sourire du monde ? chantonna-t-elle en lui dévorant ensuite le visage de baisers, s'attirant en retour des gazouillis de ravissement. C'est le sourire de ton père… mais ne lui dis surtout pas, d'accord ?

— Trop tard, j'ai entendu.

Surprise par la voix grave de Keir, Scarlett sursauta et releva la tête pour regarder en direction de la porte de sa chambre. Il était là, nonchalamment appuyé contre le chambranle, vêtu d'un pyjama de l'armée et les bras croisés contre son torse. Au loin, la lueur de son regard anthracite étincelait avec puissance et la heurta de plein fouet.

La jeune femme dut se réfugier dans le silence quelques instants, plutôt troublée de le revoir au seuil de sa chambre, tellement à son aise dans son espace intime, un peu comme si les mois de guerre froide n'avaient jamais existé entre eux. Comme si les babillements de Bruce avaient anéanti tous les griefs qu'ils avaient nourris l'un envers l'autre et dont le souvenir existait à peine.

— Ce n'est pas poli d'écouter aux portes, fit-elle remarquer après un silence, le visage posé, mais le regard rieur. Surtout lorsque je suis en pleine confession avec mon fils.

Faussement navré, Keir décroisa ses bras et les releva légèrement en signe d'excuse.

— Pardon, je ne voulais pas interrompre votre conversation. Je peux me joindre à vous maintenant ?

— Généralement, quand tu veux t'imposer quelque part, tu ne demandes pas la permission.

Elle le taquinait, sans hostilité, juste sur le ton habituel qui rythmait autrefois leur relation. Keir ne trouva rien à répliquer, se contentant de fermer la porte derrière lui et de se diriger vers le lit. Entre temps, Scarlett s'y allongea sur le flanc gauche, une main soutenant sa tête et son corps érigé tel un rempart devant son bébé. Elle invita ensuite le militaire à en faire de même de l'autre côté du poupon.

Keir obtempéra et s'étendit sur le flanc droit, son grand corps creusant le matelas sous son poids en intriguant Bruce, qui tourna instinctivement son visage dans la direction de son père. Ses immenses yeux gris le dévisagèrent inlassablement, comme fascinés par les traits d'un homme qu'il connaissait depuis quelques heures, mais dont il devait sentir, au fond de son petit être, le lien indestructible qui les unissait.

— Il est magnifique, murmura Keir, tout aussi fasciné par ce bout d'homme qui lui ressemblait tellement, hormis la bouche et le menton.

À l'inflexion de sa voix, Scarlett sut qu'il luttait contre une intense émotion, la même qui l'avait transportée dès le premier regard échangé avec le bambin.

— Il a l'air de t'apprécier, observa-t-elle sur un ton mielleux, sa main libre caressant le duvet blond qui recouvrait le crâne de leur fils. Je crois qu'il sent que tu es son père.

— Vraiment ?

Keir posa sa grande paume sur le ventre du poupon et s'amusa à le chatouiller doucement pour lui soutirer des babillages. Bruce s'agita un peu, excité par ce nouveau jeu, puis tendit ses petites menottes vers le grand visage qui s'élevait à quelques centimètres du sien et en caressa les reliefs.

— Mon amour... j'ai tellement rêvé de cet instant depuis que tu es né... j'ai pas géré au début, mais c'est promis, je vais te consacrer ma vie maintenant...

Scarlett sentit ses yeux s'humidifier à la façon basse dont Keir parlait. Il s'adressait au bébé, mais au fond d'elle-même, la jeune mère aurait également voulu que ses paroles lui soient destinées.

Elle aurait souhaité pleurer contre lui, évacuer l'excès de sentiments dont elle se sentait saturée, exprimer sa colère, car la rancune était tenace chez elle, lui confier les doutes qui l'avaient traversée durant la grossesse, avant de lui aboyer son amour.

Moi aussi, j'ai tellement rêvé de cet instant, voulut-elle répliquer, mais elle n'en fit rien et se contenta de les admirer pendant que ses doigts continuaient à masser le crâne duveteux.

— Tu n'aurais pas pu trouver mieux comme grenouillère, on voit directement de quel métal ce bébé est fait.

— C'est un cadeau de Hudson, avoua-t-elle en agrippant en douceur la jambe de Bruce, rapprochant ainsi leurs deux mains, qui se frôlèrent et se distancèrent à nouveau. Il habille Luna de la même façon.

— Il faut dire que nos deux bébés forment une belle paire. J'espère qu'ils seront inséparables plus tard.

— Sans aucun doute.

Le silence revint entre eux, puis Keir se redressa en position assise et s'empara délicatement de son fils, qu'il porta afin de le plaquer contre son torse tiède. Poussé par son jeune instinct, le poupon se lova amoureusement dans les bras puissants de son père en l'épiant toujours de ses immenses yeux, tandis que Scarlett les contemplait sans mot dire.

— J'aimerais le reconnaître en lui donnant mon nom, lâcha-t-il sans ambages, l'œil riveté à celui de la jeune femme.

Elle écarquilla spontanément les yeux, puis se releva à son tour pour mieux le mesurer. Cette requête aurait dû la réjouir, mais un élan de doute la rattrapa et la fit répliquer :

— Tu es sérieux ?

— On ne peut plus sérieux.

— Très bien… mais je te préviens, je ne supporterai pas les gardes partagées. Je suis pire qu'une mère louve et je ne veux pas être séparée de mon bébé, ne serait-ce qu'une nuit.

Une ombre de sourire flotta sur les lèvres de Keir. Le contraire l'aurait étonné.

— Je ne te l'enlèverai jamais, Scarlett.

— De toute évidence, la question ne se pose pas étant donné que tu vivras avec nous pour un petit moment.

Une lueur de nature incertaine, entre satisfaction, reconnaissance et désir, traversa les yeux gris qui ne quittaient plus son visage.

Keir l'intimidait par sa manière de la contempler, entre retenue factice et convoitise familière. Il fallait être fou pour affirmer qu'il n'existait plus aucune attirance entre eux, car les cendres de leur passion passée demeuraient tièdes et une seule étincelle pouvait la rallumer avec virulence.

Scarlett éprouva quelque honte à vouloir s'abandonner entre les bras de son ancien amant et lui quémander toute l'attention dont elle avait manqué au cours de sa grossesse. Mais sa fierté l'obligeait à une maîtrise insoutenable, à laquelle toutes les fibres de son corps semblaient s'opposer.

— Ouais, c'est un bon compromis.

— Comme ton contrat avec les marines est bientôt terminé, qu'est-ce que tu comptes faire par la suite ?

— Je pense intégrer la police du coin, tout en demeurant enregistré sur la liste des réservistes de la U.S.M.C. J'ai des contacts par ici et je compte m'en servir une fois que le contrat prendra fin. Pour le moment, je profite de mes longues semaines de repos pour être un père au foyer exemplaire. J'ai suffisamment d'économies à côté et je vais t'aider à payer les charges et vous nourrir en attendant d'avoir une nouvelle paie.

— Tu veux donc réellement prendre soin de nous ?

— Absolument.

La jeune femme eut un hochement de tête, puis commença :

— Il va falloir qu'on impose des conditions maintenant qu'on va cohabiter ensemble pendant quelque temps.

— On a déjà cohabité ensemble et ça s'est plutôt bien passé.

Scarlett ne put s'empêcher de rosir au souvenir de l'époque — encore fraîche — où ils étaient amants. Depuis la disparition de ses proches, elle n'avait jamais été aussi protégée et choyée qu'au moment de leur rapprochement. Comment pouvait-elle oublier l'exquise prévention de Keir et la façon naturelle dont s'était déroulée leur cohabitation ?

En une année de distance, les choses n'allaient pas vraiment changer… hormis leur relation. Ils ne coucheraient pas ensemble.

— Je t'écoute.

— On alterne les gardes de Bruce selon nos emplois du temps, on se départage les tâches ménagères et on essaie de faire les courses ensemble. Il est aussi interdit de fumer en présence de Bruce et d'emmener des conquêtes féminines chez moi. Je ne veux pas que cette maison devienne un hôtel. Si un jour prochain, tu as l'intention de prendre du bon temps, il va falloir que tu me préviennes une semaine à l'avance afin que je m'organise et que tu le fasses hors d'ici.

Keir cligna des paupières une fois, sans cesser de la fixer, et l'espace d'une seconde, elle crut lire de l'indignation dans son regard. S'il était insatisfait par ces règles, tant pis pour lui ! C'était à prendre ou à laisser.

— D'accord, lâcha-t-il d'une voix neutre.

Scarlett subodora de la déception dans son attitude relâchée et en ressentit un pincement au cœur. Elle se l'imaginait déjà en train de l'avertir pour un dîner aux chandelles en compagnie d'une autre femme… elle était loin d'imaginer combien il était vexé d'être encore considéré comme un Don Juan, alors même que son bonheur ne tenait plus qu'à deux noms : Bruce et Scarlett.

— Je suppose que ces conditions sont également valables pour toi ? Tu ne ramèneras pas de conquêtes masculines chez toi alors que je m'y trouverai avec notre fils ?

Scarlett aurait dû s'attendre à ce qu'il lui renvoie la balle. Quelle idée !

— Bien évidemment. Tout ce qui nous concerne individuellement doit se passer à l'extérieur. En toute discrétion.

Keir savait Hudson et Livia trop protecteurs envers Scarlett pour ne pas tout lui raconter à son sujet. Il ignorait donc si elle avait actuellement un prétendant qui pourrait s'interposer entre eux, même si le souvenir de la vidéo de Thanksgiving lui soufflait quelques craintes. Et si les choses avaient évolué avec le pompier ?

Ce soupçon le piqua à la poitrine et peut-être que Bruce perçut sa soudaine jalousie, car il se mit à se trémousser en babillant. D'un geste rassurant, Keir le cajola au dos et lui murmura des paroles en gaélique écossais.

— Je crois qu'il commence à fatiguer, nota ensuite le jeune père en voyant les paupières de son fils s'alourdir.

— Il se fait tard. On doit aller se coucher, répliqua Scarlett en se rapprochant de leur emplacement pour récupérer son bébé dans ses bras, caressant au passage ceux de son ancien amant.

Ce dernier aspira son léger parfum d'iris pendant que ses cheveux roux frôlaient son visage dans ses mouvements, tout à coup désireux de la plaquer contre lui, d'assaillir sa nuque, sa gorge, son corps entier de baisers. Il s'en abstint néanmoins et se contenta de l'admirer avec un sérieux qui la dérouta quelque peu.

— Tu devrais aller te coucher, toi aussi, lui conseilla-t-elle dans un presque murmure.

C'était sa manière polie de lui demander de déguerpir d'ici.

Loin de paraître découragé, Keir acquiesça avant de se pencher pour embrasser Bruce au front et flatter Scarlett d'un baiser à la tempe.

— Dormez bien.

Chapitre 11

Le lendemain matin

Keir fut ébloui par le spectacle qu'il découvrit en rejoignant le salon de bonne heure. Après une douche rapide, il avait pensé faire son jogging matinal avant d'acheter des viennoiseries fraîches pour le petit-déjeuner de Scarlett. Mais cette dernière s'était visiblement levée plus tôt afin de donner le sein à leur bébé, pelotonnée contre le dossier de sa méridienne pourpre, le regard cloué au vieux film qui passait à la TV.

Le corps un peu alangui par l'enchaînement des nuits blanches, le visage tiré par le sommeil, les cheveux ébouriffés et la poitrine lourde de lait, découverte à l'attention de son bambin qui tétait avec gourmandise son sein en le pressant de ses minuscules poignes, la jeune femme s'apparentait à une lionne nonchalante, trônant en maîtresse dans sa salle de séjour à la décoration fantasque.

Tétanisé par ce tableau de maternité absolue, Keir demeura plusieurs instants figé sur ses jambes, debout dans l'encadrement de l'entrée du salon et l'expression émerveillée, celle qu'aurait pu arborer un fidèle frappé par la Grâce.

— Keir ? l'appela-t-elle en remarquant enfin sa présence, l'esprit un peu engourdi par l'épuisement.

— Tu ressembles à une Madone.

Contrairement à Scarlett, qui avait été élevée dans la tradition protestante, Keir était de confession catholique et vouait une admiration pour la Sainte-Vierge, dont il gardait toujours une effigie dans son portefeuille. La rousse n'en demeura pas moins flattée et lui décocha son inimitable sourire langoureux.

— Une Madone de la Renaissance italienne.

— Autrefois, tu me comparais à une démone.

— C'était avant Bruce. La maternité t'adoucit.

— *M'assomme*, tu veux dire. Où tu comptais aller à 7 heures du matin ? lui demanda-t-elle ensuite en évaluant du regard sa tenue de sport.

— Courir et acheter le petit-déjeuner. Je vois que Bruce prend déjà le sien.

Il les rejoignit en quelques enjambées et s'installa à leurs côtés, cajolant de sa main les pieds de son bébé pendant qu'il saluait Scarlett d'un baiser à la tempe. Il resta quelques secondes de trop à humer l'odeur délicate qui parfumait ses cheveux.

La jeune femme soupira d'aise en sentant la chaleur de Keir contre elle, son bras puissant se glisser naturellement autour de ses épaules et sa bouche brûler sa peau. Dans un mouvement incoercible, elle tourna la tête vers la sienne et leurs visages se retrouvèrent à quelques centimètres l'un de l'autre, Keir collant son front au sien pour mieux la sentir, la respirer, l'habituer de nouveau à son contact. Cette parenthèse de tendresse pure, de silence, d'introspection commune les bouleversa au plus profond de leurs âmes.

Leurs souffles se mêlèrent, s'emballèrent au réveil des sentiments qui les dévoraient et Scarlett crut qu'elle lui céderait un baiser, celui dont elle rêvait depuis l'instant où il l'avait abandonnée dans un claquement de porte sauvage. Cependant, semblable à la morsure sèche d'une pince à linge, la bouche de Bruce aspira son téton en lui procurant un frisson de douleur. Elle s'écarta aussitôt de Keir, oublia un moment sa bouche tentante et se focalisa de nouveau sur son bébé.

— Bruce peut être vorace lorsqu'il tète, expliqua-t-elle en le redressant un peu dans ses bras pour mieux le repositionner contre son torse.

Keir posa une main sur le crâne du bambin, qu'il commença à dorloter pendant que celui-ci continuait de s'abreuver du lait maternel. Au loin, les voix de Rita Hayworth et de Glenn Ford se percevaient depuis l'écran de la TV. Comme toujours, Scarlett commençait, rythmait ou terminait sa journée avec des films mythiques, anciens, grâce auxquels l'on pouvait admirer les muses glamour et les mâles charismatiques du Hollywood d'après-guerre. *Gilda* était le chef-d'œuvre favori de la jeune femme, certainement parce qu'elle mettait en lumière la beauté sensuelle de la plus célèbre rouquine du cinéma.

— Rappelle-moi, feu follet, comment se termine cette histoire déjà ? Ils parviennent à sauver leur amour ou non ? demanda Keir en observant les deux acteurs se chamailler malgré la passion explosive qui les habitait.

— Contre toute attente, oui.

La minute d'après, Scarlett chantonnait de sa voix chaude, en chœur avec Rita Hayworth, la célèbre chanson *Put the blame on mame* pendant que Bruce finissait de téter son sein. Là, elle le souleva et le porta sur son épaule, sa petite tête posée sur le bavoir qu'elle avait disposé sur elle, puis tapota doucement son dos pour lui permettre de faire son rot.

— Put the blame on mame, boy… Put the blame on mame…
Mame did a dance calls hoochy-hoo, that's the thing that slew
McGrew…

Keir l'écoutait et la regardait, charmé par sa façon magistrale d'imiter le voix de l'actrice. Elle poursuivit son chant d'une voix plus faible, puis entendit, entre plusieurs paroles, le rot de son fils.

— C'est bien, mon amour, murmura-t-elle en ramenant Bruce sur ses genoux, avant de lui essuyer la bouche et de le tendre à Keir. Tu veux bien t'occuper de lui un instant ? Je vais nous préparer le petit-déjeuner.

— Tu ne veux pas que j'aille acheter des viennoiseries ?

— Il nous reste encore beaucoup de choses à finir.

Comme il récupérait le bébé, elle se redressa en recouvrant son sein de son débardeur, non sans remarquer l'attention que Keir prêta à sa poitrine, puis s'éloigna en direction de la cuisine. Le trentenaire installa son fils contre son torse, se leva à son tour et lui emboîta le pas.

— Tu travailles aujourd'hui ?

— Oui, à partir de 9 heures. Je vais le déposer chez Livia et Hudson, comme d'habitude.

— J'irai le garder avec eux.

— Hudson et Livia vont t'apprendre à préparer un biberon et changer une couche. Je n'ai pas pensé à te montrer tout ça hier, dit-elle en sortant des assiettes et des verres d'un placard, afin de les disposer sur l'îlot central de la pièce.

— Ça ne doit pas être si difficile que ça.

— Pas plus que de désamorcer une bombe, ne t'en fais pas, se moqua-t-elle en allumant cette fois-ci la gazinière pour préparer des œufs brouillés et cuire du bacon. Tu veux des saucisses ? Je peux te faire un croque-monsieur ou un hot dog comme tu les aimes, si tu le souhaites.

— Ne te casse pas la tête pour moi, *mo gràdh*.

Mo gràdh.

S'il y avait bien un terme en gaélique écossais qu'elle affectionnait particulièrement, c'était celui-ci. Ce mot se mit à danser devant elle, chatoyant, source d'une magie inconnue et troublante. Le cœur en transe dans sa cage thoracique, Scarlett ignora un instant la poêle qui chauffait sur le feu et se tourna entièrement vers Keir, tellement beau et touchant avec leur bébé dans ses bras immenses, ceux-là mêmes qu'elle rêvait de sentir autour de son corps.

— *Mon amour*, répéta-t-il cette fois-ci en anglais.

Derechef, ils se noyèrent un moment dans la contemplation de l'autre, un peu négligents du jour qui se levait, de la rumeur naissante dans les rues du quartier, de l'huile bouillante sur le feu, des babillements de leur fils.

Il sembla que Scarlett avait attendu ce moment depuis sa naissance, juste pour admirer dans ses prunelles grises l'amour véritable dont son être était lui-même gorgé.

Cependant, une réserve persistait.

Il ne fallait pas succomber, pas encore.

— Comme tu voudras, lança-t-elle en se façonnant un air flegmatique, tout en se refocalisant sur la poêle, le bacon et les œufs brouillés.

Elle voulait dissimuler sa faiblesse et sa nervosité.

Peu habitué à son manque d'expressivité, Keir en fut un peu perturbé, mais décida de ne pas insister et de respecter le mutisme dans lequel la jeune femme venait de se cloîtrer. Il lui avait imposé son rythme et ses règles du jeu avant la naissance de Bruce. Au final, il avait

tout dynamité. Dorénavant, il lui faudrait se calquer
à son mode de fonctionnement afin de la reconquérir
définitivement.

Chapitre 12

— Place aux couples modernes, Dalglish. Maintenant, ce sont les femmes qui partent au boulot et les hommes qui restent au foyer pour s'occuper des gosses, ricana Hudson en quittant à pas précipités la cuisine de sa maison pour rejoindre, dans le salon, le berceau où sa fille braillait en quémandant son attention.

Après l'arrivée de Keir et Bruce, Livia en avait profité pour foncer à l'université et préparer sa prochaine conférence sur l'évolution du latin dans les œuvres médiévales, chose qu'elle ne pouvait pas faire avec un jeune bébé à surveiller 24 h/24.

— Papa est là, ma petite lune, continua Hudson en soulevant dans ses bras la minuscule silhouette en grenouillère violette, qui cessa brusquement de geindre au contact de son père.

Quand Keir arriva à son tour dans le salon, sa bouteille de bière à la main, son ami lui décocha :

— Elle a besoin d'être changée et le tien aussi.

Bruce était confortablement allongé dans le deuxième berceau disposé aux côtés de celui de Luna, éveillé, mais silencieux.

— J'ai jamais fait ça de toute ma vie.

— Si t'es capable de faire un bébé, tu dois être capable de t'occuper de lui. Et ça commence par le changement de couches, rétorqua Hudson sur un ton d'instructeur militaire.

Keir déposa sa bouteille de bière sur la table basse, puis alla récupérer son fils, avant de suivre Hudson jusqu'à l'étage, où une chambre de bébé avait été aménagée avec deux tables à langer et un assortiment d'accessoires stérilisés à l'attention des poupons.

Hudson attendit que son frère d'armes se retrouve à ses côtés pour poser sa fille sur l'une des tables à langer et l'inciter à faire de même avec son fils.

— Mets une couche et les lingettes à porter de main, ça t'évitera de t'éparpiller.

Entre les deux tables à langer, une étagère avait été fixée pour soutenir tous les accessoires de toilette. Parmi les innombrables paquets de couches, la pile de lingettes et d'autres choses qu'il ne sut pas encore définir, Keir attrapa une couche et un sachet de lingettes, qu'il posa ensuite à côté de Bruce. Ce dernier s'agitait, excité, en gazouillant pendant que son père défaisait les boutons de sa grenouillère. Sensiblement, son humeur badine contamina Luna, dont la minuscule bouche s'était arrondie sur des babils incompréhensibles, mais heureux.

— Elle promet d'être bavarde, plaisanta Hudson en finissant de défaire le bas de la grenouillère pour décacheter la couche souillée. Dans la nuit, elle me parle beaucoup.

— Vraiment ? Et je suppose que tu comprends tout ce qu'elle te dit, ironisa Keir.

— Bien sûr, je suis son père.

— Évidemment.

Hudson était fou amoureux de sa fille, le genre gaga qui tremblait à chacune de ses jérémiades et en faisait tout un plat quand elle souriait. On en était à la cinquième semaine de Luna, les choses ne feraient que s'étendre au fil du temps.

Keir était fasciné par son propre fils, tout autant que par sa nièce de cœur, mais savait qu'il ne serait pas aussi démonstratif que Hudson. Une question de tempérament.

En découvrant la couche de Bruce, il se rendit compte de sa lourdeur et fronça légèrement le nez à l'émergence d'une odeur éloquente.

Un juron en écossais lui échappa pendant qu'il observait son bébé avec de grands yeux qui amusèrent Hudson.

— Eh bien ! T'es pas le genre à plaisanter avec ça, toi, se gaussa Keir en s'adressant au petit.

— Tu serais étonné de découvrir combien il te ressemble, ajouta Hudson en saisissant une lingette, commençant la toilette de sa fille avec une aisance qui stupéfia son ami.

— Encore un sous-entendu pareil et je t'envoie la couche à la figure.

— Fais gaffe, j'en ai également une en réserve. Bon, prends une lingette et imite ce que je fais.

Keir ne se fit pas prier pour nettoyer les fesses de son bébé, trouvant la tache plutôt simple. Ce fut au moment d'enfiler une couche neuve que les choses se corsèrent. Il tirait les languettes si fort qu'il les arrachait involontairement de la protection jetable.

— Inutile d'être une brute, Dalglish, tu vas finir par liquider tout le stock.

— T'as pas du scotch américain pour faire tenir ça ? C'est trop fragile ce truc, maugréa le concerné en détachant les languettes d'une deuxième couche.

— J'ai pensé à ça la première fois que Livia m'a forcé à changer Luna, mais ce n'est pas si sorcier. C'est juste toi qui t'y prends trop violemment. Il paraît que c'est pire quand ils sont un peu plus grands, parce qu'ils se mettent à gigoter comme des diables.

Keir parvint enfin à attacher la couche de son fils, puis à reboutonner sa grenouillère, l'attrapant ensuite dans ses bras pour le déposer doucement sur son épaule, le maintenir d'un bras ferme, tout en débarrassant la table à langer des déchets à jeter.

— Scarlett ne t'a pas laissé t'occuper de Bruce hier ?

— Pas tellement. On ne s'est pas parlé autant que je l'aurais souhaité. Pour te dire, j'ai dormi dans une chambre d'amis...

— Je vois. Elle est un peu rancunière... Il va falloir que tu lui laisses le temps de te pardonner et d'avancer vers toi.

— J'en ai conscience.

— Tu vas l'épouser ?

— J'y compte bien, affirma Keir en caressant le dos de Bruce, son parfum léger de bébé le grisant autant que celui de Scarlett. Je ne veux plus les quitter. Je crois que j'ai eu mon lot d'aventures et de conneries. J'ai besoin de me poser, de trouver mes repères. Il m'en a fallu du temps pour comprendre qu'elle était ma boussole. Je n'arrive plus à reconnaître le Nord ou le Sud sans voir son visage dans mon esprit. C'est elle qui me guide désormais. Je vois désormais où tu voulais en venir, Rowe.

— Merde... je n'aurais jamais pensé entendre une telle confidence de ta bouche un jour ! s'exclama Hudson, bluffé par le romantisme insoupçonnable de son ami.

— Je suis le premier surpris. Mais les gens changent et moi aussi.

— Si elle est ta boussole, il faut que tu sois son pilier et son capitaine, sans faire de jeu de mots. Scarlett a besoin d'un homme fort, solide, généreux, *mature*, qui puisse l'aider à construire son futur et une famille. Tu crois en être capable ?

— Je ferai tout mon possible.

— Non, tu dois être sûr. Un marine doit savoir s'il réussira ou non une mission.

— Un marine n'est pas un robot, mais un être humain comme les autres. Je ne suis pas l'homme le plus parfait qui soit et je n'ai jamais manqué une occasion de me montrer odieux, mais je ferai appel à toute ma bonne volonté et à l'amour que je leur porte pour être le meilleur des compagnons et des pères.

La détermination de Keir plut à Hudson, qui se rapprocha de lui pour une tape amicale à l'épaule, celle où Bruce n'était pas plaqué.

— J'aime quand tes mots viennent des tripes.

Les deux amis retournèrent ensuite au salon avec leurs bambins, passèrent le reste de l'après-midi à jouer avec eux, les langer, les nourrir, regarder des films comiques dont ils s'intéressèrent à moitié, avant de sombrer eux-mêmes dans les limbes d'une sieste.

Quand Livia rentra chez elle en compagnie de Scarlett, Hudson dormait de tout son long sur le canapé, sa fille pelotonnée sur son ventre en sommeillant également, tandis que Keir s'était assoupi sur le tapis moelleux, avec Bruce endormi contre sa poitrine, emmitouflé dans une couverture en tartan écossais. Des peluches et d'autres jouets destinés à produire des berceuses gisaient autour d'eux dans un ravissant désordre.

— Qui pourrait croire que des bébés parviendraient à mettre des marines K.O ? plaisanta Scarlett en suivant Livia jusque dans la salle de séjour, admirant en silence le spectacle adorable qui se déployait à leur vue.

Livia s'éloigna en direction de son mari, se pencha vers lui afin de marquer son front de ses lèvres vermillon, laissant ainsi sur sa peau la trace de sa délicieuse bouche.

— Ils nous ont achevés, marmonna ce dernier sans même ouvrir un œil.

De son côté, Scarlett alla s'accroupir auprès de Keir, souleva doucement son bébé dans ses bras avant de glisser une main soyeuse sur la joue balafrée de son ex-amant. Tout en gardant l'apparence d'un endormi, il attrapa vivement son poignet et l'approcha de sa bouche afin d'y déposer un baiser, à l'endroit où pulsait sa veine artérielle.

— Je croyais que tu rentrerais plus tard, lança-t-il en daignant soulever ses paupières.

— Je croyais que tu dormais.

— Sommeil du guerrier. Je recharge mon énergie sans rien perdre de tout ce qui m'entoure.

— Impressionnant, répliqua-t-elle en détachant doucement son poignet de son emprise, afin de se redresser sans perturber le somme de son fils. Mon cadre m'a donné la permission de rattraper mes heures supplémentaires.

Livia récupéra à son tour sa fille contre elle et les deux hommes se redressèrent d'un même mouvement, l'air soudain parfaitement éveillé.

— Nous avons acheté des pizzas et des pots de glaces, histoire de vous requinquer après cette terrible garderie, lança Scarlett en s'éloignant vers la cuisine.

— Je me disais bien qu'il y avait une odeur de fast-food par ici.

— Vous êtes des déesses, s'exclama Keir, qui suivit le chemin de la cuisine et y trouva Scarlett, assise sur un tabouret de la table à manger, Bruce toujours endormi dans les bras. Pas trop fatiguée par le travail ? Des urgences croustillantes à me raconter ?

— C'était calme. Comment s'est passé, ton initiation au métier de père ?

— Le changement de couche était particulièrement traumatisant, mais je crois que c'était la pire des étapes.

— Attends un peu la pousse des dents, les épisodes de fièvre, les cauchemars, la crise d'adolescence...

Au visage déconfit qu'il arbora, Scarlett libéra un rire moqueur.

— Tu devrais voir ta tête, Keir.

— Rigole bien, mais je te signale qu'on va les vivre ensemble ces épreuves.

— Rien ne me fait plus peur après l'accouchement, assura-t-elle.

— Je sais que ça peut être terrible...

— Tellement terrible que j'ai juré qu'aucun homme ne me touchera plus jamais.

— *Quoi ?*

Scarlett fut secouée par un délicieux rire à la nouvelle grimace de Keir.

— Tu sais que tu ressembles à un sandre mort comme ça ?

Chapitre 13

Le lendemain soir

Profitant du sommeil quiet de Bruce, Scarlett quitta sa chambre aux abords de minuit, en proie à une fringale. Les pommes de terre cuites qu'avait préparées Keir quelques heures plus tôt l'appelaient.

D'un pas feutré, elle traversa le corridor du premier étage, passa devant la chambre qu'occupait son *colocataire* — lequel devait certainement dormir — quand un grincement de porte, celle de la salle de bains familiale, l'interpela. La jeune femme s'arrêta en chemin, pivota sur elle-même et découvrit, sur le seuil de la porte d'où s'échappaient quelques volutes de vapeur et une forte odeur de savon à l'ambre, le corps encore humide et presque totalement dénudé de Keir.

Une chaleur explosa de façon incoercible sur ses joues et dans son ventre.

Il était monstrueusement sexy dans son plus simple appareil, décoré de tatouages, recouvert de gouttelettes tièdes et d'une petite serviette grise, qu'un seul mauvais mouvement parviendrait à virer...

Ce type le faisait exprès.

— Tiens, tu ne dors pas encore ? lança-t-il avec une once d'étonnement, une main appuyée sur l'encadrement de la porte, donnant ainsi à son corps une inflexion plus souple, presque paresseuse.

Scarlett déglutit avec peine quand elle s'arrêta un instant sur le mouvement régulier de sa poitrine puissante, sur la ciselure parfaite de ses abdominaux, sur la largeur de ses épaules solides, aux bras si forts qu'il excellait dans ces jeux ancestraux où il l'avait naguère impressionnée.

Oh, Keir... pourquoi te montres-tu aussi déloyal?

Il n'y avait que trois mètres de distance entre eux, il était donc facile de les gravir pour s'agenouiller aux pieds de ce dieu celtique et se donner en offrande. Scarlett en brûlait d'envie, mais sa force de caractère et surtout son amour-propre l'obligèrent à reculer de deux pas, comme si cela pouvait l'extraire de la sphère magnétique dont Keir et sa vapeur avaient comblé l'air.

— Non, je n'y arrive pas. J'ai faim et je dors mal le ventre vide.

Rien ne pouvait échapper à l'inspection sagace du trentenaire. Il entrevoyait l'embarras où la situation présente la confondait. Ce n'était plus dans leurs habitudes d'apparaître quasiment nus l'un devant l'autre, même si cette époque ne remontait pas à si loin que cela. Leur rupture de quelques mois semblait s'être espacée sur des siècles. Ils ressemblaient à des amnésiques, que des moments de lucidité éclairaient vivement leur intimité passée quand ils ne se comportaient pas comme des connaissances maladroites.

Qu'il était beau le temps où ils se chamaillaient familièrement et s'unissaient ardemment... au moins, c'était enflammé et pas aussi cordial qu'aujourd'hui. Keir en était arrivé à vouloir renouer avec ses anciennes provocations pour la bousculer, la sortir de ses gonds et ainsi, redonner de la saveur à leur relation explosive.

Mais le risque était trop grand. Maintenant que Bruce était là, il fallait qu'il marche sur des œufs, lui qui avait l'habitude de débouler comme une avalanche de neige.

— C'est vrai que tu n'as pas beaucoup mangé au dîner. Je comptais aussi me faire un chocolat chaud après la douche.

Scarlett arqua un sourcil, retrouvant la mine moqueuse du passé. Avec sa longue natte un peu dépeignée et sa robe de chambre verte mal fermée, son rôle de Reine de Pique en pâtissait, mais cela ne faisait qu'accentuer sa candeur naturelle.

— Depuis quand tu bois du chocolat chaud ?

— En fait, c'est du *Irish Chocolate*.

Les lèvres de Scarlett se retroussèrent sur un sourire espiègle.

— Je me disais bien qu'il y aurait forcément une touche de whisky dedans. Tu ne peux pas changer toutes tes habitudes du jour au lendemain.

— Pas les meilleures.

Mais les mauvaises, il se jurait de les exterminer à coup d'abnégation et de maturité.

Scarlett pouvait lire cette promesse tacite dans ses prunelles et en tressaillit de satisfaction ou d'impatience, elle ne savait pas vraiment. Toutefois, si elle restait encore à le reluquer avec autant d'insistance, il en serait trop flatté. Il fallait se détourner, fuir dans la cuisine, puis émietter son insupportable désir dans la nourriture.

Keir n'obtiendrait pas ses faveurs avant longtemps. Une question de fierté féminine.

— Je descends.

Elle eut juste le temps d'apercevoir le mouvement affirmatif de sa tête avant de prendre ses jambes à son cou. Malheur, le parfum d'ambre et la vapeur semblaient lui coller à la peau, même dans la cuisine saturée d'odeur de pommes de terre !

Montre-lui de quel bois tu es faite. Un véritable chêne, dur et inflexible.

Tout affairée à se préparer une assiette en se répétant telle une rengaine cette phrase, Scarlett entendit à peine Keir pénétrer dans la cuisine, désormais vêtu d'un jogging en coton gris et d'un t-shirt noir. Elle ne le vit qu'au moment où il la rejoignit près du micro-ondes pour saisir, dans l'un des placards muraux, une tasse de café.

— Tu veux aussi un chocolat chaud ? Sans whisky, bien sûr…, lui proposa-t-il avec un regard en biais.

— Non merci.

Il l'observa s'éloigner en direction de l'îlot central pour commencer son repas, avant de se diriger à son tour vers le frigidaire, d'où il sortit deux tablettes de chocolat noir et du lait, le whisky étant dans une armoire à liqueurs du salon.

Depuis son emplacement, Scarlett pouvait manger tout en l'étudiant s'activer aux fourneaux, s'armant d'une petite casserole et de ses ingrédients pour concocter son chocolat chaud maison.

— Hudson m'a raconté l'accouchement de la femme en Afghanistan, lâcha-t-elle au bout de quelques minutes, non sans une pointe d'admiration dans la voix. Il paraît que tu as fait preuve de beaucoup de sang-froid.

— Une expérience traumatisante, peut-être plus pour moi que pour la mère, avoua-t-il en se tournant de trois quarts vers Scarlett, une cuillère en bois dégoulinante de chocolat noir à la main. Je comprends pourquoi c'est une histoire de femmes. Vous êtes plus fortes que nous.

— Un point sur lequel nous sommes d'accord.

Keir replongea dans la clarté de son regard vert, presque translucide sous la lumière centrale de la pièce, et y vit son orgueil danser. Un sourire fleurit de lui-même sur ses lèvres, mais la jeune femme l'ignora.

— Une femme a besoin d'être entourée au moment de donner la vie, même si ce sont des étrangers. Heureusement, j'avais Livia et Erik à mes côtés, répliqua Scarlett en accentuant, peut-être inconsciemment, sur le prénom de son ami.

Keir perdit aussitôt son sourire et, tout en maugréant silencieusement des noms d'oiseaux au souvenir du pompier, lui tourna le dos pour se reconcentrer sur le chocolat. Inutile d'avoir fait dix ans d'études à Yale pour savoir qu'elle lui reprocherait à tout jamais son absence durant sa grossesse.

Merde !

— Tu ne pouvais pas avoir meilleure compagnie, répliqua-t-il d'une voix faussement calme.

Être pacifiste, ne pas se mettre dans une situation délicate. Ajouter du lait au chocolat fondu pour le diluer et l'enrichir de sucre pour casser son amertume.

Scarlett le vit verser un quart de la bouteille de lait dans la casserole et des pincettes de sucre, puis se consola de l'odeur de chocolat chaud qui était en train de les emmitoufler.

— Oui, c'est vrai. Il ne manquait plus que mes parents, ma grand-mère, Hudson... et toi.

Keir éteignit le feu, laissa poser le chocolat.

— Je donnerais tout pour réécrire le passé.

Il pivota sur ses talons en même temps qu'elle déposait ses couverts sur les rebords de son assiette, l'œil arrimé à lui.

— C'est le futur qui est à écrire désormais.

Il opina d'un dandinement de tête, l'épia quelques secondes, avant de quitter la cuisine pour chercher la bouteille de whisky dans le salon. Scarlett avait recommencé à manger quand il réapparut à ses yeux, rejoignit le plan de travail et se servit une tasse fumante de chocolat chaud, généreusement enrichi d'alcool.

— Ça te plairait un séjour à la plage avec Bruce dans les semaines à venir ? demanda Keir en la rejoignant enfin autour de l'îlot, s'asseyant sur un tabouret juste en face d'elle.

— Pourquoi pas.

Scarlett releva son regard dans sa direction et le dévisagea de ses longs yeux langoureux pendant qu'il ingurgitait sa première gorgée de boisson chaude, au fond d'elle admirative par cet homme dont le *sex-appeal* ne la laisserait jamais indifférente.

— C'est délicieux.

Elle voulait bien le croire et se serait empressée de goûter à la saveur de ce chocolat sur ses lèvres si elle n'allaitait pas Bruce et ne nourrissait nulle rancune.

— Tu as de quoi te requinquer pour toute la nuit... tu comptes sortir ?

— Aucune activité nocturne de prévue.

Mais dans son regard de prédateur, elle devinait le désir qu'il nourrissait à son égard. Par-dessus sa tasse fumante, dont il caressait la carcasse en porcelaine du bout de l'index, l'air nonchalant, il l'inspectait comme s'il était sur le point de la dévorer. Scarlett aurait aimé déguerpir, mais cela ne ferait que montrer sa faiblesse.

Elle resterait engluée à son siège s'il le fallait.

— Ah, j'allais encore oublier ! J'ai quelque chose pour toi. Ça vient d'Afghanistan.

Surprise, elle le vit déposer sa tasse sur l'îlot pour extraire de sa poche de pantalon une petite pochette en velours noir, qu'il fit ensuite coulisser jusqu'à elle.

— Keir ? demanda la jeune femme en frôlant du bout des doigts le velours.

— J'ai pensé à toi dès que je l'ai vu. Ouvre-la.

Incapable de résister face à un cadeau, Scarlett déposa ses couverts, s'en empara fébrilement, puis tira sur les cordons pour déficeler la pochette. Ses doigts palpèrent des pierres fraîches lorsqu'elle les glissa à l'intérieur, puis agrippèrent une parure à trois rangs, composée de pierres vertes, nuance bouteille de verre, taillées différemment et assemblées dans un style très élégant, digne de figurer sur le cou d'une princesse orientale.

— Keir !

Sa stupéfaction traduisait l'émerveillement sur son visage.

Il en fut satisfait.

— Tu aimes ?

— C'est une folie.

Pas vraiment. Keir aurait voulu lui offrir plus.

— Disons que c'est un cadeau de naissance. Ce sont des agates.

— Des agates, répéta-t-elle en admirant chaque pierre, allant jusqu'à ouvrir le fermoir en or pour en parer son cou, mais elle eut des difficultés à le refermer.

— Attends, je vais t'aider.

Keir se redressa promptement et en quelques pas, se retrouva derrière elle, son torse pratiquement collé à son dos, ses doigts tripotant les agrafes de la parure. Il parvint à refermer le collier autour de son cou et garda même ses doigts un peu trop longtemps sur sa peau.

Le temps d'une seconde, une nappe électrique sembla survoler les deux anciens amants, encore sensibles à la tension nerveuse, sexuelle, qui les irradiait quand ils se retrouvaient l'un à côté de l'autre.

Une caresse et la situation pouvait dégénérer.

Keir guettait l'assouplissement de Scarlett pour se pencher vers elle et l'embrasser sur la nuque, dans le cou, sous l'oreille, cet endroit si érogène qu'ils avaient autrefois découvert ensemble.

De son point de vue, Scarlett avait peine à contrôler son rythme cardiaque. La chaleur de Keir l'écrasait, l'émoustillait... son échine était parcourue de picotements, son ventre commençait à se contracter. Elle aurait aimé s'abandonner contre ses doigts qu'elle devinait de plus en plus possessifs sur sa nuque, ployer son cou sur le côté comme une invite à l'embrasser, la mordre, la posséder...

Un seul geste et ils reprendraient là où ils avaient laissé leur dernière joute sexuelle.

Une seule offensive et ils se retrouveraient de la manière la plus intime qui soit.

Mon Dieu, pas maintenant, voulut-elle s'exhorter quand, tel un coup de gong, le babyphone disposé dans la cuisine se mit à vibrer des pleurs de Bruce.

D'un bond, les deux parents se redressèrent, Scarlett en manquant de faire chuter son tabouret à la renverse et Keir en s'écartant sur le côté pour éviter une collision.

— Il doit avoir faim, lança-t-elle en se tournant avec timidité vers lui, une main posée sur les agates.

Keir ne put s'empêcher d'admirer la parure sur elle, encadrant son cou de cygne avec une majesté qui soulignait la couleur de ses cheveux et la rondeur de ses seins lourds.

Son désir s'en décupla, mais il ne se permit pas de l'exprimer. Seuls ses yeux d'acier trahissaient l'audace de ses pensées.

— Merci pour ce cadeau, lâcha-t-elle enfin en se retournant pour s'éloigner à toute vitesse vers l'étage supérieur, autant pour fuir le désir d'un homme qu'elle aimait passionnément que pour apporter du réconfort à son fils.

— Tout le plaisir est pour moi, dit-il une fois qu'elle disparut dans les escaliers, frustré d'avoir manqué une occasion de réconciliation totale.

Chapitre 14

Huit jours plus tard

— Alors, c'est comment depuis son retour ?

Installée sur le siège passager d'un camion de pompier, Scarlett partageait un goûter improvisé en compagnie d'Erik, lui-même établi au volant du véhicule. Ils étaient à l'arrêt, stationnés devant les urgences de l'hôpital de Beaufort, chacun arborant leurs uniformes de fonction.

— C'est agréable. Keir fait beaucoup d'efforts pour nous plaire. Un parfait homme au foyer, que je n'aurais jamais deviné sous son apparence de dur à cuire.

Le pompier avait accepté sa défaite face au marine et avait pulvérisé toutes ses déceptions pour conserver l'amitié qui le liait à Scarlett. La vie était si éphémère qu'il serait dommage de la gâcher par des griefs. Si la jeune femme refusait d'être son épouse, au moins pouvait-elle être sa meilleure amie.

— Il s'est métamorphosé. En bien, poursuivit-elle avec une étincelle rêveuse dans le regard. Je sens qu'il est plus mature et qu'il voit l'avenir d'un œil différent, surtout depuis qu'il connaît Bruce. Il en est fou et passe la plupart de son temps avec lui, si bien que j'en suis un peu jalouse. Même moi, je ne suis pas aussi présente pour mon fils à cause du travail…

— Vous passez un peu de temps seule à seul ?

— Mmm… très peu. On est toujours ensemble quand Bruce est là, car j'ai le sentiment que mon fils me sert de bouclier contre son père. Quand il est entre nous, on ne se concentre que sur lui et dans ces moments-là, je me sens forte... mais quand il dort et que Keir tente de m'approcher, je me sens vulnérable.

— Donc, tu imposes une distance.

— Oui... même si je dois avouer que c'est parfois dur... on dirait qu'il m'éprouve sans cesse. Si je ne le croise pas par hasard au sortir de la douche, à moitié nu et sexy à souhait comme un Poséidon grec, c'est dans le jardin que je le découvre en train de faire ses pompes ou encore en petit tablier, à me préparer mes plats préférés...

Un sourire taquin étira les lèvres d'Erik pendant qu'elle se cachait la tête entre les mains, mi-amusée, mi-honteuse de sa sensibilité exacerbée.

— Je veux tout le temps lui céder, mais je sais que ce n'est pas la meilleure solution. Il faut qu'on parvienne à renouer les liens sans se sauter dessus. Je veux qu'on reprenne en douceur, sans être aveuglés par la passion. Tu comprends ?

— Ouais, même si ça doit être bien plus difficile pour lui de se tenir à l'écart d'une femme comme toi..., observa-t-il, un peu pensif et Scarlett sut que son attirance à son égard n'était pas totalement éteinte.

— Et si on parlait un peu de toi, hein ! répondit-elle pour détourner la conversation de son cas. As-tu fait une rencontre romanesque ces derniers temps ? Une jolie femme qui pourrait se damner pour tes beaux yeux ?

Erik secoua légèrement la tête, faussement dépité.

— Pas encore... mais je pense à m'inscrire à un speed-dating.

— Sérieusement ?

L'infirmière dissimula mal son étonnement, persuadée qu'un simple regard de ce beau pompier suffisait à amollir le cœur d'une femme.

— Ouais, c'est ma sœur qui m'y pousse. Juste pour rire.

— Fais attention, car à l'issue de ce *speed-dating*, tu risquerais bien de te retrouver avec un essaim de nanas à tes trousses.

— Oh, tu me protègeras, assura-t-il avec un clin d'œil complice. Dis, j'aimerais bien passer voir Bruce un de ces quatre.

— Tu es toujours le bienvenu chez moi. Ce n'est pas parce que Keir est revenu que tu dois espacer tes visites. Tu sais, tu as une place importante dans mon cœur, dans ma vie, et je veux que tu sois le parrain de Bruce.

— Le parrain de Bruce ? Tu ne songeais pas à Hudson pour ce rôle ?

— Hudson est déjà son oncle. J'ai toujours pensé à toi pour être son parrain.

Erik parut sincèrement touché par cet aveu, mais eut un moment de réflexion avant de poser cette question hésitante :

— Keir ne serait pas contre ?

— Il n'a pas son mot à dire… en compensation, il n'aura qu'à choisir la marraine, assura-t-elle en se rapprochant du pompier pour l'embrasser sur la joue. Je pense que mon fils ne pourrait pas avoir meilleur père spirituel que toi.

À la suite de son tête-à-tête amical avec Erik et d'une heure encore intense de travail, Scarlett rentra chez elle, impatiente de retrouver son fils et, il fallait se l'avouer, le père de ce dernier

— Je suis rentrée, s'annonça-t-elle en pénétrant dans le salon.

Là, elle découvrit une pièce plongée dans la semi-obscurité, seulement alimentée par des guirlandes de lumières en formes d'étoiles et de croissants de lune, disséminées un peu partout sur les meubles. Au centre trônait une immense et longue tente faite maison à l'aide de draps multicolores, de chaises en bois, de pinces à linge et resplendissante de clarté grâce aux guirlandes épinglées à l'intérieur. Des draps et des coussins tapissaient le sol de cette tente en invitant le curieux à s'y allonger.

Une interjection émerveillée échappa à Scarlett. Enfant, elle rêvait d'un nid douillet et féerique comme celui-ci.

— Keir ?

Les lumières intérieures révélaient son épaisse silhouette, tandis que sa voix s'élevait à travers les toiles pendant qu'il chantait une berceuse écossaise à leur fils.

— Keir ? répéta-t-elle.

— Rejoins-nous au pays des songes.

Vêtue d'un uniforme propre et les pieds déchaussés, la jeune femme s'agenouilla devant l'entrée du chapiteau improvisé, puis rampa à quatre pattes à l'intérieur afin de rejoindre Bruce et Keir, tous deux étendus sur le dos, les regards boulonnés aux dessins d'animaux mythiques et aux astres que faisait défiler une veilleuse sur le plafond de la tente.

— Tu as monté cette merveille tout seul ?

— Un jeu d'enfant, répliqua-t-il en la regardant se dresser aux côtés de Bruce et l'embrasser sur le front. Dure journée ?

— Plutôt capricieuse. Un coup calme, un coup mouvementée.

— Vide ton esprit dans ce lieu apaisant.

— J'aime bien la berceuse que tu étais en train de lui chanter.

— Je te l'apprendrai, assura-t-il en se hissant sur un coude pour mieux l'observer, si délicate avec sa natte désordonnée et le fard naturel qui maquillait ses joues.

Elle devait avoir chaud pour être aussi rose.

— Bruce est de plus en plus éveillé et intelligent. Je le vois tellement astronaute ou neurochirurgien plus tard.

— Et s'il voulait être chanteur d'opéra ou danseur de ballet ?

L'expression fugitive de Keir fut si risible que Scarlett troubla l'assoupissement progressif de leur enfant par son rire.

— Si tu voyais ta tête.

— J'ai dû mal à imaginer mon fils en tutu ou à l'opéra, mais du moment qu'il excelle dans son domaine et qu'il a intégré l'esprit du guerrier comme je me l'imagine, alors, il pourra faire ce qu'il veut…

— Pour le moment, je ne peux que l'imaginer bébé. Je n'ai pas envie qu'il grandisse.

Et Scarlett de s'étendre à son tour aux côtés de son poupon, la tête posée sur un coussin moelleux. Désireux de la sentir contre lui après tout ce temps de séparation, Keir se redressa doucement et par quelques mouvements agiles, vint se positionner derrière elle pour l'envelopper en position cuillère. La jeune femme fut si surprise qu'elle ne trouva pas le temps de se dégager. D'ailleurs, ce n'était pas dans ses intentions.

— Ne fuis pas. Je veux seulement te sentir et te serrer dans mes bras. J'en meurs d'envie depuis des mois, susurra-t-il.

Il avait un bras passé autour de sa taille, une main posée sur son ventre et la tête enfouie dans son cou. Appréciant ce moment de douceur, Scarlett arbora un sourire qu'il ne vit pas, puis tendit le bras, rapprocha leur fils de son propre corps et garda sa main sur sa taille, à la manière dont Keir l'enlaçait.

Au contact de sa mère, les paupières de Bruce s'alourdirent. Elle se mit à lui chanter une autre berceuse et en moins de deux minutes, le bambin sombrait dans un sommeil d'ange. Même Scarlett succomba à un bâillement de fatigue, totalement épuisée par son travail laborieux et ses nuits courtes.

— Mon pauvre amour, tu ne te ménages pas, murmura-t-il en plongeant son nez dans ses cheveux. Tu sais dont tu as besoin ?

— Non.

— D'une séance de Spa et d'un dîner aux chandelles dans un restaurant étoilé.

— Carrément. Mais je n'ai pas le temps pour ça..., avoua-t-elle en se retournant à demi dans ses bras pour l'examiner de face et ainsi, se rapprocher de son visage.

Le regard de Keir se cloua à sa bouche délicieuse.

— Il faudra trouver le temps... Mmm, tu sens les fruits rouges.

— J'ai mangé des cerises et des framboises...

Il esquissa un sourire et ses fossettes se devinèrent.

Il était excessivement charmant.

Diabolique.

Comment pouvait-elle résister à ses fossettes ?

— J'ai envie de t'embrasser, confia-t-il à brûle-pourpoint.

Il se hissa sur un coude et la domina d'une tête.

— Tu as l'habitude de prendre ce que tu veux, souffla-t-elle en retour, complètement noyée dans les deux lacs limpides qui la toisaient.

Bon sang, à quoi jouait-elle ?

Il lui semblait qu'un siècle s'était écoulé depuis le jour où elle s'était sentie aussi vulnérable et convoitée sous ce regard.

— On m'a conseillé de me comporter en *gentleman*.

En même temps qu'il parla, sa main s'égara sur le ventre de Scarlett, sillonna entre la vallée de ses seins, puis s'arrêta sur son cou gracieux, qu'il agrippa avec douceur pour mieux faire basculer sa tête en arrière. Manipulée par ses mouvements langoureux, elle s'allongea complètement sur le dos et se retrouva prisonnière de son corps.

— Tu m'as attirée dans ton antre pour faire de moi ce que tu veux ?

Les fossettes de Keir frémirent d'amusement.

— Tu es venue de ton propre chef, *mo gràdh*.

— Juste pour voir mon bébé.

— Vraiment ?

Keir se pencha sur elle et leurs souffles se mêlèrent de nouveau, haletants et intenses. Il effleurait déjà ses lèvres avec prudence et sensualité, prêt à lui offrir le flot de plaisir espéré, quand la sonnerie de l'entrée vint éclater cette bulle de romantisme.

— Dis-moi que c'est une blague…, soupira-t-il en s'affalant sur le dos à ses côtés.

— C'est certainement Livia, Hudson et Luna. Ils dînent avec nous.

— Ah oui ? Je n'étais pas au courant.

— Je les ai invités avant de rentrer.

— Combien de temps vas-tu éviter tout tête à tête avec moi ?

Scarlett ne donna pas suite à sa remarque et se redressa en prenant le soin de ne pas bousculer son fils pour déserter la tente à quatre pattes. Une poignée de secondes plus tard, l'accent anglais de sa cousine et la voix de Hudson trouvaient leur écho dans le vestibule.

Moins d'une heure après, un délicieux fumet survolait la cuisine où Keir s'était installé aux fourneaux pour préparer le repas. Par-dessus sa tenue de pyjama, il avait enfilé un tablier jaune sur lequel figurait la tête de Daisy, mais n'en perdait pas la moindre once de virilité au regard de Scarlett et Livia.

Au menu : tomates à la mozzarella, spaghettis à la carbonara et brownie fait maison.

— Tu es devenu une parfaite maîtresse de maison, Dalglish, plaisanta Hudson en coupant des tomates à proximité, l'air concentré.

C'était peu dire. Les deux hommes s'occupaient désormais de toutes les tâches ménagères quand leurs dulcinées allaient au travail ou papotaient sous la tente avec leurs bébés par exemple.

— Je te retourne le compliment, Rowe. Si ton père te voyait maintenant, il se demanderait où sont passées tes couilles.

— Mon père était un macho puriste. Moi, j'essaie de faire plaisir à ma femme et d'alléger son quotidien.

— Dis, tu ne trouves pas que j'ai un peu grossi ?

— C'est drôle, j'ai la même impression, mais Livia dit que je cherche des soucis là où il n'y en a pas.

— Elle travaille, elle est active. Son quotidien n'est pas le même. Quant à Scarlett, elle est toujours occupée par les urgences de l'hôpital, par l'adrénaline. Pas comme nous.

— Je crois qu'il est urgent de retourner à la base militaire. Ça fait un bail que je n'ai pas fait de HALO[1].

— Oh mon Dieu, un HALO..., soupira Keir, l'air rêveur, se voyant déjà sauter en parachute d'un avion de transport militaire, en pleine nuit et à dix mille mètres d'altitude de hauteur.

— J'appelle John et on se programme ça dans la semaine. On ne peut pas rester dans l'inertie. Tu te rends compte, ça fait sept semaines que je vis dans une passivité et un calme angoissant. O.K, j'ai mon adorable bébé dont je m'occupe et ma merveilleuse femme chaque soir, mais l'armée me manque déjà.

Hudson disposa joliment les tomates dans une assiette où de la mozzarella était déjà coupée, puis revint vers son ami.

— Au fait, où tu en es avec Scarlett ? Tu as retrouvé ta place dans son lit ou non ?

— Elle me fuit autant qu'hier et le jour d'avant et encore le jour d'avant. Je pense que ça sera la même chose ce soir. Je tourne en rond, mais je ne perds pas espoir. Loin de là.

— Tu n'as pas encore fait ta proposition, je suppose ?

— J'attends le moment propice. Sa reddition arrivera bientôt.

— De quoi parlez-vous ? intervint allègrement Livia, Luna dans les bras et suivie de Scarlett, qui portait un Bruce désormais babillant.

---

1. High Altitude Low Opening.

— Rien de particulier, répondit son mari, le regard rivé sur sa fille, qui tétait sa tétine rose en admirant d'un air amoureux Bruce. Regardez-les !

— Il faut les prendre en photo.

Keir venait de parler. C'était sa nouvelle passion que de photographier les bambins et Scarlett, au moment où elle s'y attendait le moins bien évidemment.

Chapitre 15

Plus tard dans la soirée

Assise devant sa coiffeuse en bois d'acajou et d'époque victorienne, Livia démêlait ses cheveux blonds tout en réfléchissant à la situation où sa cousine et l'ami de son époux se trouvaient. Il était indubitable qu'ils mourraient d'envie d'être ensemble, de former un couple comme les autres, mais la résistance ou la lâcheté non assumée de Scarlett les confondaient dans une frustration mutuelle.

Il fallait absolument arranger leur situation.

— Chéri, on doit leur organiser une soirée en amoureux.

— Pardon ?

Hudson, qui surveillait sa petite fille endormie dans le berceau posé près de leur lit, releva la tête et croisa le regard de son épouse à travers le miroir ovale de sa coiffeuse.

— Je pense qu'il leur faudrait un dîner aux chandelles, qui se poursuivrait par une soirée intime chez eux, sans Bruce. Scarlett et Keir ont vraiment besoin de se retrouver, précisa Livia en se tournant sur son tabouret pour mieux considérer son homme. Tu ne crois pas ?

— Scarlett évite les situations intimistes avec Keir.

— Je sais, il faudrait la mettre devant le fait accompli.

— Lui tendre un piège, c'est ce que tu veux dire ?

— Pourquoi pas ? Ils se sont assez tournés autour... il faut qu'ils se réconcilient à tous les niveaux, qu'ils retrouvent leur complicité. Ça allègerait vraiment l'atmosphère.

Hudson acquiesça.

— Et que proposes-tu ?

— Je propose de réserver pour le vendredi qui arrive une table pour deux personnes, dans l'un des meilleurs restaurants de la ville. Un lieu public et romantique, où ils ne se permettront pas de faire une histoire si jamais les choses venaient à se compliquer, même si je crois qu'ils ne s'aventurent plus dans le champ de la provocation.

— Crois-moi, Keir et Scarlett ne pourront jamais s'empêcher de se chercher. C'est dans leur ADN... mais comme il s'est donné pour but de la reconquérir, il ne la provoquera pas. Keir est un stratège.

— Je le crois aussi. D'ailleurs, il faudra le mettre dans la confidence.

— Tu as un restaurant en tête ?

— Le *Carolina Mansion*... tu te souviens, là où tu m'as emmenée dîner pour la première fois ?

— Comment pourrais-je l'oublier, mon ange ? répliqua Hudson en posant sur son épouse un regard de braise, si intense qu'elle en eut un instant le souffle coupé. C'est là-bas que je me suis rendu compte que je te désirais plus que tout.

Livia sentit le rose lui monter aux joues quand des souvenirs de leur premier rencard assaillirent sa mémoire.

— Cette nuit-là, tu n'as pas perdu de temps pour me le montrer...

— Je m'en souviendrai jusqu'à ma mort, assura-t-il de sa voix profonde.

— Moi aussi… et j'aimerais que l'issue de leur dîner ressemble à celle qui a suivi le nôtre. Passionnée, intense… bien sûr, on fera croire à Scarlett que c'est un dîner entre nous, qu'elle pourra nous rejoindre depuis son travail, alors qu'en réalité, elle y trouvera uniquement Keir pendant que nous nous occuperons de Bruce. Qu'est-ce que tu en dis ?

— J'espère que ça marchera et qu'elle baissera enfin la garde face à lui. Tu la connais, lança Hudson en sous-entendant l'obstination parfois exagérée de leur proche.

Livia soupira en hochant la tête, reposa sa brosse à cheveux sur le plan de sa coiffeuse, puis se redressa en faisant frémir le coton rose de sa nuisette. Malgré son récent accouchement, elle avait gardé la sveltesse de son corps et la grâce de ses courbes prononcées. Sa poitrine s'était un peu alourdie et faisait le bonheur de son époux, lequel s'en délectait visuellement et à chaque fois qu'une occasion de les caresser se présentait.

— Je crois en ton plan, mon petit Cupidon, lui assura-t-il malicieusement lorsqu'elle se glissa dans leur lit après avoir embrassé leur fille au front, déjà perdue dans le monde des songes.

Le major s'étendit à son tour près d'elle, seulement vêtu d'un pantalon pyjama, et l'enlaça contre lui en entremêlant leurs jambes.

Eux-mêmes n'avaient pas repris leurs activités sexuelles depuis l'accouchement de la jeune femme, celui-ci ayant été quelque peu compliqué et le rétablissement de la jeune mère progressif. D'autant plus que leurs nouveaux rôles de parents les épuisaient et laissaient bien peu de place à l'amour physique. Mais la chasteté livrait une tendresse, une beauté et une complicité qu'ils appréciaient autant que la communion passionnelle et primitive de leurs deux corps.

— Moi aussi, j'y crois, murmura-t-elle en fermant ses yeux myosotis, la tête appuyée sur le biceps que Hudson avait glissé sous sa tête.

— Un jour prochain, il faudrait qu'on prévoie aussi une sortie en amoureux. Ça fait longtemps qu'on n'a pas eu de moment à nous...

— C'est vrai, j'y ai aussi pensé.

— Ce sera dur de nous séparer ne serait-ce qu'une heure de notre fille, mais je pense que c'est possible. On pourrait seulement s'absenter une demi-journée ou quelques heures en soirée...

Du Hudson tout craché. Incapable de se séparer de sa petite lune plus d'une heure. Même son berceau était posé du côté où il dormait pour le cas où il percevrait de l'agitation dans son sommeil. En tant que marine, il avait pu affûter ses sens et était persuadé que sa formation militaire l'aiderait à mieux décrypter les besoins d'un bébé que l'instinct maternel. Il ne l'avait jamais dit, mais Livia le soupçonnait de le penser inconsciemment.

Elle en était amusée, mais surtout bouleversée, car jamais elle n'aurait pensé qu'il se dévouerait autant à une personne.

Luna était son oxygène et il aimait le montrer.

— Dis-moi, tu accepterais de confier notre fille à quelqu'un d'autre pour un week-end entier? poursuivit-elle sans ouvrir les yeux, mais inutile de le voir pour subodorer l'angoisse sur son visage.

— Un week-end? Soit deux jours... Seigneur, Livia, ça fait beaucoup!

Elle manqua pouffer de rire et se blottit davantage contre lui.

— Je me demande comment tu vas supporter les séparations pendant les déploiements...

— Ne m'en parle pas, ça me fait déjà mal aux dents. Les séparations seront comme le supplice de Tantale. Je prie pour qu'on m'affecte à des tâches administratives jusqu'à sa majorité, espéra-t-il, mi-figue, mi-raisin.

— Tu sais que c'est peu probable. Tu es un homme de terrain... tu demanderas un jour à repartir, peut-être une dernière fois, car c'est dans ton tempérament. Même ta fille ne pourra pas t'en empêcher, répondit-elle d'une voix douce en rouvrant les yeux pour se noyer dans le regard jade de son amour et lui caresser la joue, sur laquelle poussait une ombre de barbe noire. Tu crois que je ne vois pas combien le quotidien militaire te manque ? Tu as beau être le meilleur père et mari du monde, dévoué corps et âme à ta famille, tu n'en demeures pas moins un marine, fier de représenter et de servir son pays. Tu ne peux t'épanouir qu'en conciliant ta vie d'homme et de militaire... si l'un de ses deux aspects venait à manquer, alors tu en souffrirais...

Silencieux, Hudson buvait les paroles de Livia en lui caressant le dos sous le tissu de sa nuisette, appréciant ainsi la chaleur de sa peau contre sa paume. Après un bref silence, il parla d'un ton bas, plutôt ému :

— Il y a moins de deux ans, je souffrais de ne pas avoir de famille. Aujourd'hui, j'ai la femme la plus exquise, intelligente et aimante qui soit et le plus adorable des bébés... je me demande encore comment j'ai fait pour recevoir autant de bonheur alors que je n'en ai jamais donné autant à quelqu'un d'autre.

— Si, à moi, le coupa Livia. Et à ta fille. Mon amour, ne doute jamais de la joie que tu instilles dans nos veines. Tu es notre univers.

Livia se redressa, se plaqua plus étroitement contre le corps de Hudson pour le saisir au visage et le soumettre à un baiser où la tendresse et la fougue s'entrechoquaient.

— Je t'aime tellement, Livia.

La jeune femme se laissa à nouveau tomber sur le torse solide de son époux, ferma les yeux et dans cette étreinte muette, douce et vertueuse, ils s'endormirent avec la profondeur des gens qui se savent aimés.

Au même instant, dans la maison voisine.

— Scarlett, est-ce que tu peux récupérer dans le placard de ma chambre le chargeur de mon appareil photo, s'il te plaît ?

La voix de Keir s'éleva à l'étage depuis le salon.

— Oui !

La jeune femme, qui traversait le couloir pour descendre les escaliers, rebroussa chemin et s'orienta en direction de la chambre d'amis, là où il avait rangé toutes ses affaires.

Une fois dans la pièce, elle se dirigea vers l'armoire et arpenta toutes les étagères en quête du chargeur, lorsqu'un cahier gris de taille moyenne, semblable à un journal intime, tomba de l'une d'elles et s'étala aux pieds de Scarlett, s'ouvrant en deux telle une invite à le lire. La jeune femme le toisa d'un œil curieux, un peu interdite et soumise à la tentation de le parcourir…

Elle hésitait toujours sur le fait de le lire ou non quand un détail l'aida à faire son choix : son prénom noirci en gras sur l'une des pages fit exploser tout respect de la vie privée. Sans plus hésiter, elle se courba en avant, attrapa le cahier et prit place sur le coffre ancien juxtaposé au pied du grand lit où dormait Keir depuis son arrivée.

Le cahier était plutôt fin, peut-être comportait-il une cinquantaine de pages, dont seulement la moitié étaient usées. Il y avait des dates, celles auxquelles le militaire avait décidé d'écrire, des citations, des ratures, des esquisses de femmes... toujours une jeune femme aux longs cheveux ondulés, aux taches de rousseur et la moitié du corps égaré dans un brasier de flammes sublimement dessinées.

Mo gràdh. Telle était la légende qui accompagnait ces portraits.

La femme, c'était elle. Keir l'avait crayonnée à cinq reprises, toujours de la même façon, avec un réalisme de visagiste qui la stupéfia. Elle n'avait jamais soupçonné un trait de cette finesse pour des paumes aussi rugueuses, modulées pour manipuler toutes sortes d'armes, sauf un crayon. À moins de le briser en deux à la première pression.

Le cœur tambourinant si fort dans sa poitrine qu'elle s'attendait à le voir bondir hors d'elle, Scarlett reporta son attention sur la première page. Elle la dévora d'un coup d'œil humide de larmes, enchaînant bientôt sa lecture de manière frénétique.

4 septembre 2008. Simplement envie de t'écrire, Scarlett, de t'appeler pour vomir tous les sentiments qui m'étouffent. Je te hais, je t'aime. Je sais plus où j'en suis.

16 septembre 2008. C'est l'Enfer par ici. Des mecs tombent tous les jours, certains sans avoir jamais vu leurs premiers enfants. La colère me donne la nausée.

7 octobre 2008. Je me suis retrouvé nez à nez avec un gosse aujourd'hui. Sa mère est morte dans une explosion, son père est introuvable. Il a été confié à des villageois. Moi, je pense à celui qui grossit dans ton ventre. Son destin sera moins dur que celui de l'orphelin. La vie est injuste, elle distribue ses cartes de manière aléatoire, mais c'est la vie.

8 octobre 2008. Pourquoi est-ce que tu t'es laissée piéger par moi, Scarlett? Je ne suis pas un homme bien.

14 novembre 2008. J'ai pris une pause. J'ai médité dans le désert, sous un soleil de plomb. J'avais un pied posé sur une mine et j'en ai chié pendant 14 h. J'ai eu des hallucinations, car je t'ai vue, Scarlett, avec un bébé dans les bras.

17 novembre 2008. Je ne sais pas si je serai un bon père. J'ai l'impression de louper tout ce que j'entreprends. J'ai perdu des hommes aujourd'hui, ça me fait flipper.

28 novembre 2008. Je commence à croire que je suis un type inutile, à qui il manque quelque chose de crucial. Je sais baiser, mais je ne sais pas aimer. Je sais commander, mais je ne sais pas ramener mes hommes en vie. Je connais les prières, mais je ne sais pas si ma foi rend hommage à Dieu.

1ᵉʳ décembre 2008. J'ai envie de te sortir de ma tête, Scarlett. Je crois que tu m'as jeté un sortilège.

10 décembre 2008. Je me suis réveillé en sursaut. J'ai rêvé que tu faisais une fausse-couche, j'en ai encore des sueurs froides. J'ai envie d'être avec toi, de te serrer dans mes bras. Scarlett, tu me manques. Je vois tes traits sur tous les visages des femmes qui croisent ma route. Je t'ai dans la peau.

20 décembre 2008. Réveil en sursaut. Je ne trouve pas la paix intérieure. Je dois arrêter de ruminer, ça ne me ressemble pas. Je dois admettre que je t'aime. Si je veux la paix, je dois me préparer à te retrouver, mo gràdh. Espoir de pardon.

25 décembre 2008. C'est Noël et je suis loin de mes deux pays de cœur. Je suis loin de toi, Scarlett. Crois-tu en la magie de Noël? Me donneras-tu une chance?

26 décembre 2008. Je t'ai appelée, mais tu n'as pas répondu. Ce n'est peut-être pas le moment de se parler de vive voix. On risquerait de se dire des méchancetés. Je suis encore largué. Il me faut du temps pour gérer ça. Tu me manques toujours autant.

1ᵉʳ janvier 2009. Nouvelle résolution : j'attends de voir si ma destinée me permet de vivre jusqu'à la fin de la mission. Si je meurs avant, tu sauras que je t'ai aimée, sincèrement, même si je me suis montré maladroit. Si je vis, je viendrai te retrouver. Le reste appartiendra à tes choix.

2 janvier 2009. Nouvelle résolution : je ne dois plus penser à toi, Scarlett. Tu m'as peut-être oublié.

3 janvier 2009. J'ai des pensées en dents de scie. Je ne sais pas si je dois revenir dans ta vie.

21 janvier 2009. J'ai l'impression d'être un idiot à écrire mes pensées en désordre. Hudson m'en veut toujours. Quoi qu'il en soit, je n'arrive pas à me guérir de toi. Je vais finir par croire que tu es une sorcière.

23 janvier 2009. Rêve érotique avec toi. Mon corps dans le tien, ma peau qui s'use contre la tienne, mon parfum embaumé du tien, ma bouche repue de tes lèvres. Ça me rend fou.

29 janvier 2009. Journée particulièrement dure. Que fais-tu, à Beaufort ? J'aimerais être présent pour caresser ton ventre. Peut-être que je ferais un bon père. J'en sais rien... ça me panique.

14 février 2009. Accouchement d'Afsana, l'Hazara. On l'a emmenée dans une maisonnette où l'eau courante, la lumière et le gaz n'existent pas. Un cauchemar. Ce fut précaire, effrayant et incroyable. Je crois que je ne vivrai jamais plus un moment pareil. Elle a désormais un fils robuste. Je suis heureux de savoir que tu n'accoucheras pas dans les mêmes conditions qu'elle, Scarlett.

16 février 2009. Bruce est né hier. Je suis devant l'Hindou Kouch et je me sens près des Cieux. J'espère qu'il a tes yeux. Je vais aller prier.

17 février 2009. Tu refuses mes appels. Pas grave, je vais t'écrire, puis je viendrais moi-même. Tu ne pourras pas me sortir de ta vie. J'ai envie d'y regagner ma place. Donne-moi une chance.

18 février 2009. Je vais arrêter d'écrire.

— J'avais demandé à Hudson de te le remettre si jamais je ne revenais jamais ici.

Scarlett sursauta sur le coffre à l'entente de la voix de Keir dans son dos. Elle lui décocha un regard par-dessus son épaule et lança :

— Je suis désolée, je n'aurais pas dû le lire sans te demander la permission.

— Ne le sois pas, il t'était destiné de toute façon.

Avec Bruce dans les bras, il avança jusqu'au centre de la pièce et elle se redressa pour les rejoindre. Elle posa une main sur le crâne de son fils, en caressa le duvet, puis se rapprocha du corps de son ancien amant et aplatit une main compatissante sur son l'épaule.

— Ça n'a pas dû être simple pour toi.

— J'avais besoin d'être sûr de mes sentiments. J'étais perdu. Aujourd'hui, tout est aussi clair que l'eau de roche.

— Nous nous sommes piégés mutuellement dans un jeu dont nous ne contrôlions plus les règles. Nous avons mal joué…

— Une autre partie a commencé et crois-moi, Scarlett, il n'y aura aucun perdant. Nous serons tous les deux vainqueurs, parce que nous sommes désormais sur la même longueur d'onde.

Il glissa une main dans les cheveux désormais lâchés de la jeune femme, l'incita à relever la tête pendant qu'il inclinait la sienne, leurs lèvres séparées par un seul centimètre :

— Je ferai tout mon possible pour que tous les jours passés à mes côtés soient marqués par le bonheur. Je le jure sur ma vie.

Keir regarda un instant ses lèvres roses, d'une sensualité à point, mais désespérément closes. Un seul mouvement et leurs bouches se scelleraient sur un baiser ardent, gorgé de sel et de sucre.

Il aurait pu prendre ce qu'il pensait lui être dû, toutefois, le manque d'encouragement de Scarlett, son semblant de résistance l'incita à se faire violence pour se reculer. Il allait changer de tactique. C'était à elle de franchir la frontière érigée entre eux, de baisser la garde pour céder à la tentation.

— Il se fait tard, Scarlett. Tu devrais aller te coucher. Je m'occupe d'endormir Bruce et je le déposerai dans son berceau, près de ton lit.

Un peu surprise par cette attitude si correcte, la concernée n'en approuva pas moins ce conseil et, après un baiser pour son fils et un sourire à l'encontre de Keir, quitta la chambre pour rejoindre la sienne en gardant dans sa main le petit cahier gris.

Chapitre 16

Cinq jours plus tard

Comme si le feu léchait ses crocs rose bonbon, Scarlett pénétra en trombe dans les vestiaires de l'hôpital, passa devant Heather en plaquant un baiser sur sa joue, puis se hâta d'ouvrir son casier pour en sortir une robe de printemps jaune moutarde, cintrée à la taille, d'une simplicité élégante, et une paire de chaussures compensées couleur caramel.

— Tu sors ce soir ? l'interrogea sa collègue, un sourire mutin plaqué sur les lèvres.

— Oui, Ma'am, plaisanta la jeune femme en se débarrassant de son uniforme bleu marine, avec lequel elle rentrait d'habitude. Je dîne avec Hudson, Livia et Keir au *Carolina Mansion*, mon restaurant préféré ! Mais je suis à la bourre… j'aurais dû y être il y a un quart d'heure déjà ! Et impossible de les joindre, mon portable est déchargé.

— Appelle-les depuis le poste de l'hôpital.

— Non, ça va, ils vont comprendre. Ils doivent déjà être à l'entrée ! soupira la rouquine en enfilant difficilement sa robe, dans laquelle elle se tortilla afin de permettre au coton d'épouser ses formes en toute perfection. Je crois que je me suis surestimée ! J'ai encore un ou deux kilos à perdre…

— Arrête, tu as bien resculpté ton corps depuis l'accouchement. Tu es magnifique.

— Ce sont tes yeux d'amie qui te font dire ça…

— Je suis sûre que ton ex, le capitaine Dalglish, n'en pense pas moins.

— Ce n'est pas mon ex, on n'a jamais été en couple, maugréa Scarlett en se retenant cette fois-ci à son casier pour enfiler ses compensés.

— Bien, ton ancien amant et le père de ton fils, si tu préfères.

Scarlett se redressa de toute sa hauteur, rose à cause des efforts fournis à chausser ses pieds gonflés par sa dure journée de labeur, mais aussi pour l'embarras que suscitait le sujet de la conversation. Parler de Keir déclenchait sempiternellement un désordre émotionnel en elle.

Là, sous le regard toujours amusé de sa collègue, elle saisit une bombe de déodorant, en appliqua sur ses aisselles, puis prit le soin de défaire sa natte échevelée.

— Tu peux me brosser les cheveux pendant que je me maquille un peu, s'il te plaît ? demanda ensuite la jeune femme à l'adresse de Heather, qui saisit la brosse qu'elle lui tendait pour dompter sa chevelure automnale.

— Bien sûr.

La quadragénaire s'affairait ensuite à lisser ses longues mèches ondulées jusqu'à ses hanches, alors que Scarlett embellissait ses yeux verts de mascara et de fard à paupières brun grâce au miroir de son poudrier.

L'instant d'après, Heather finissait sa toilette express en lui appliquant sur la tête et le corps un nuage de parfum — *Dolce Vita* de Dior.

— Comment je suis ?

— Fraîche et à croquer. Cette couleur te va à ravir.

Avec un dernier baiser sur la joue, Scarlett la quitta et put enfin galoper hors de l'hôpital, hissée sur ses compensés de dix centimètres, afin de rejoindre sa Coccinelle.

Quarante-deux minutes et trente-trois secondes de retard.

Assis au cœur du restaurant le plus chic et étoilé de Beaufort, à l'abri d'une voûte qui isolait sa table du reste de la salle, Keir attendait l'arrivée de Scarlett. Cette dernière avait dû avoir un retardement à l'hôpital et son portable était certainement déchargé pour s'ouvrir sans préambule sur son répondeur. Il n'aimait pas la savoir injoignable, mais il y avait forcément une raison à cet enchaînement de petites contrariétés.

Allons, il n'allait pas tiquer pour l'heure ! Ce n'était rien à côté de ce qu'il avait enduré par le passé. Après avoir patienté des jours entiers qu'on le sauve d'une grotte perdue en Afghanistan, le militaire ne pouvait qu'attendre sans rechigner sur sa banquette matelassée, un verre de vin blanc à la main et une musique jazzy en fond d'ambiance.

Il y avait pire dans la vie.

Bon sang, où es-tu ?

Malgré sa bonne foi, quelques craintes se logèrent dans son esprit. Et si elle avait eu un accident ? Si un fou l'avait poignardée aux urgences ou kidnappée sur le parking de l'hôpital ? Et si...

Connu pour son imagination prolifique, Keir se demanda s'il ne fallait pas la chercher lui-même à l'hôpital quand il aperçut, à l'entrée du restaurant chic, la délicieuse silhouette jaune de l'objet de ses passions. Les cheveux un peu emmêlés, la robe un tantinet froissée et la démarche nerveuse, Scarlett n'en demeurait pas moins la plus séduisante des compagnes à ses yeux.

D'un sourire, elle salua le maître d'hôtel, puis lui emboîta le pas quand il la dirigea vers la table que Keir occupait. Ce dernier se hissa promptement de sa banquette, vêtu avec une sobriété recherchée et sourit de toutes ses dents quand la jeune femme se présenta enfin à lui, découvrant en même temps que son sourire vampirique l'absence de leurs proches.

Aussitôt, la joie un peu trouble peinte sur le visage de porcelaine céda la place à un sourcillement incrédule.

— Où sont Livia et Hudson ? lâcha-t-elle en guise de salutation quand le maître d'hôtel s'éclipsa.

Une lueur narquoise reluisit dans le regard de Keir, qui ne se départit en rien de son amabilité.

— Bonsoir, mon amour. Tu es ravissante ce soir.

Il l'était aussi dans son pantalon de ville noir, son pull en cachemire gris et ses Richelieus en cuir sombre. Une tenue civile qui valorisait son corps de rugbyman en prononçant le gris moiré de ses yeux scrutateurs.

D'un geste de la main, Keir l'invita à prendre place sur la banquette située en face de la sienne et à l'issue d'un regard circulaire, Scarlett s'exécuta, docile. Il n'y avait pas lieu d'être récalcitrante dans un décor boisé et feutré où luxe, calme et plats gourmets régnaient.

— Où est Bruce ? enchaîna-t-elle une fois qu'il se réinstallait sur sa propre banquette, sans jamais la quitter du regard.

— Avec Hudson et Livia. Ils m'ont proposé de le garder pour la nuit.

— Ah oui et en quel honneur ? D'ailleurs, pourquoi je me retrouve à dîner en tête-à-tête avec toi alors que nous devions passer la soirée avec eux ?

— Hudson et Livia ont pensé qu'il serait profitable pour nous de nous retrouver un peu seuls... dans un cadre romantique. Pour parler, plaisanter, réapprendre à se connaître...

Scarlett haussa un sourcil, sceptique.

— Réapprendre à se connaître ? On se connaît déjà assez bien, toi et moi.

Une ébauche de sourire révéla la canine surnuméraire de Keir et la jeune femme en eut la chair de poule le long des bras.

— On pourrait réviser l'un sur l'autre. Une année s'est écoulée et tu me fuis comme la peste depuis que je suis à la maison.

— Faux, contrecarra-t-elle, un peu vivement. Je ne te fuis pas.

Un serveur en uniforme blanc et noir choisit cette moitié de phrase pour apparaître à leurs côtés et noter leurs commandes. Scarlett laissa son compagnon choisir, l'admirant en tapinois lorsqu'il parla avec son aisance innée, puis s'empressa de poursuivre une fois qu'ils se retrouvèrent de nouveau seuls :

— Je ne te fuis pas, Keir, je suis seulement très occupée entre mon fils et mon travail. Au passage, je suis navrée pour mon retard, mais il y a eu pas mal de mouvements aux urgences aujourd'hui...

Le marine l'écouta en lui versant un verre d'eau minérale, qu'il lui présenta à son tour et qu'elle apporta à ses lèvres.

— Il va bien falloir que tu trouves dans ta vie mouvementée une place pour ton futur mari. En l'occurrence, moi.

Surprise malgré l'évidence de cette remarque, la jeune femme manqua s'étrangler avec sa gorgée d'eau, intriguant par ses expectorations l'intérêt des clients à proximité.

— Scarlett, ça va ? s'inquiéta Keir, qui venait de bondir de sa banquette pour s'imposer à ses côtés en s'asseyant sur la sienne.

Là, il fit glisser une main chaude sur son échine en même temps qu'elle retrouvait une respiration normale, quoiqu'un peu altérée par l'émoi que provoquaient désormais les caresses si *innocentes* de son compagnon.

— Oui, ça va...

Apeurée à l'idée de lui succomber en public, Scarlett trouva assez de sang-froid pour s'écarter de lui, mais il se rapprocha encore et eut même l'audace de la ceindre à la taille. Sa grande main vint dès lors se poser sur la courbe de sa hanche alors que la moitié de son corps embrassait le sien.

— Tu ne veux pas te comporter en garçon de chœur pour une fois ? murmura-t-elle en contemplant d'un œil faussement égaré la bouteille de vin blanc posé sur la table.

— Je n'ai rien fait de mal. Je veux seulement être au plus près de toi, juste pour sentir ton délicieux parfum et ta chaleur. Ni plus ni moins.

Un rire moqueur roula dans la gorge de Scarlett comme elle tournait le visage vers le sien, découvrant ainsi combien ils étaient proches. Seule une dizaine de centimètres séparait leurs deux bouches, barricadées derrière leurs retranchements en attendant le moment de l'offensive.

— Ni plus ni moins, vraiment ?

Keir la dévisagea cette fois-ci avec sérieux.

— J'attends ton signal. Si tu veux qu'on en reste là pour l'instant, j'attendrai. Mais sache une chose, je ne permettrai à aucun autre homme de voler le rôle qui me revient. À savoir d'être ton mari.

Il martela d'un accent prononcé les mots de la dernière phrase et Scarlett en ressentit toute la portée jusqu'au fond de son ventre, avec une puissance qui lui donna le sentiment d'avoir été physiquement pénétrée. C'était une allégation hautement virile et légitime.

— Bien, souffla-t-elle en toute simplicité et sa respiration se mêla à celle du militaire.

Keir loucha sur la bouche à peine ouverte de Scarlett, sentit sa gorge s'assécher à la souvenance de son goût et se rapprocha inexorablement d'elle, comme attiré par un sortilège posé sur ses lèvres dénudées, à la pulpe délicate.

— Qu'est-ce que…

Le marine avala la suite de son interrogation dans sa bouche. Sans la moindre cérémonie, il l'embrassa avec une douceur, une patience feinte, cultivée depuis tous les jours qu'ils vivaient ensemble sans oser se toucher. Regoûter à la saveur miellée et soyeuse de ses lèvres lui donna l'impression d'avaler une gorgée de soleil.

Toute réserve explosa chez Scarlett. Elle vibra sur les mêmes gammes que lui et se sentit basculer dans le vide quand il se mit à forcer la barrière de ses dents avec sa langue pour rencontrer la sienne. Un gémissement étouffé lui échappa et ses paupières s'abaissèrent sous l'étourdissement de cette valse langoureuse qu'il lui imposait.

Que c'est bon, pensa-t-elle *in petto* en se raccrochant à la chemise de Keir dans un geste étourdi d'affection.

Soulagés par un baiser qui dessinait une nouvelle marche vers le sommet de la réconciliation absolue, ils n'en demeurèrent pas moins alertes quand il fut question de se séparer face à la réapparition du serveur, chargé de leurs plats.

Scarlett rosit copieusement sous l'œillade rieuse de l'employé et n'osa même plus regarder autour d'eux quand elle comprit que leur baiser ne fut pas ignoré des voisins de table.

Seul Keir parvenait à la confondre dans cet état complexe de béatitude et de gêne.

— Si tu savais combien ton goût m'avait manqué, *mo chridhe*, avoua-t-il après le départ du serveur.

Elle baissa les yeux dans un élan de pudeur et reporta son attention sur la mozzarella onctueuse de son entrée, qu'elle goûta en soupirant d'aise.

Combien de fois ce baiser d'entente avait-il accompagné ses propres rêves ? Des millions, des milliards de fois ?

— Aurai-je accès à ta couche ce soir, Scarlett ?

Divertie, la concernée sentit ses lèvres frémir. La manière un peu surannée dont il avait formulé cette phrase la détendit davantage, même si en toute sincérité, elle ne pensait pas lui restituer ce privilège aussi vite.

Reprendre en douceur, pas dans la précipitation.

— Ce soir, je ne sais pas, mais un jour, certainement.

Il plissa ses yeux dessinés en pointe de lame et, devinant ce mélange de moquerie et de sérieux sur son visage, se pencha une fois de plus dans sa direction pour l'embrasser à pleine bouche.

— Keir... on est en public. Un peu de tenue...

Il aurait aimé rire à gorge déployée en se souvenant de son abandon dans l'ivresse de leur baiser précédent.

— Eh bien ? Notre attitude n'est pas scandaleuse… on ne fait que s'embrasser et je pense même qu'on est enviés par quelques vieux couples. Alors, détends-toi et profite, mon amour.

Il sembla à Scarlett qu'une armée de fourmis s'élançait dans ses veines tant le frisson qui la parcourut fut envahissant.

Profiter.

Cela allait à l'encontre de ses bonnes résolutions, mais annonçait, en contrepartie, une soirée savoureuse.

Chapitre 17

Grisés par ce regain de passion qui crépitait entre eux, Keir et Scarlett s'étaient adonnés, en plus des baisers perdus entre quelques paroles, à la consommation de plats aussi généreux que raffinés les uns que les autres. Si le militaire s'était délecté du vin blanc français conseillé par l'œnologue du restaurant, la jeune femme s'était maintenue à des cocktails sans alcool. Elle s'en trouva revigorée et était prête à étendre cette soirée jusqu'à l'aube quand elle rejoignit Blue Coco sur le parking de l'établissement.

Ce dîner aux chandelles les avait désinhibés et le moment de partager le même lit était peut-être arrivé... Pourquoi pas ? N'était-ce pas le moment de capituler ? De signer un traité de paix définitive par la plus viscérale des façons ?

Keir, qui avait été déposé au restaurant par Hudson avant le dîner, rejoignit la jeune femme vers son véhicule et lui demanda ses clefs.

— Tu as vidé la bouteille de vin, Keir, il serait peut-être préférable que je prenne le volant, non ? proposa Scarlett.

— Non, ça va. J'ai conduit un tank avec plus d'alcool dans l'organisme que ce soir. En plus, tu dois être crevée.

Il parlait sobrement et la clarté de son regard voilait l'enivrement de son sang. Il fallait plus d'une bouteille de vin blanc pour le déstabiliser et lui faire perdre le contrôle de soi ou d'une voiture. Seuls sa chaleur corporelle et son désir d'elle avaient augmenté d'un cran. Il se sentait plus que jamais opérationnel pour faire l'amour jusqu'aux premiers rayons de l'aurore.

— Je ne suis plus fatiguée, assura-t-elle en lui cédant les clefs de la voiture.

Ensuite, Scarlett s'installa sur le siège passager en même temps que Keir prenait place au volant de la Coccinelle vintage.

Non sans un petit grognement d'exaspération, il s'enfonça dans le siège du conducteur, particulièrement à l'étroit dans cette voiture qu'il traitait sans vergogne d'*antiquité*, puis mit le contact en espérant que son poids ne la ferait pas tomber en panne.

— Une critique à émettre sur mon bijou ? le provoqua-t-elle gentiment comme il grimaçait au bruit de moteur préoccupant qu'ils entendirent au démarrage.

— Ouais, ta bagnole expectore comme une mémé en train de recracher ses poumons. Vivement le jour où je pourrai la remplacer par un modèle flambant neuf.

— Hors de question ! Je ne changerai jamais de voiture et il faudra t'y faire, affirma-t-elle quand ils quittèrent dans un soubresaut arrière le parking du restaurant.

La voiture ployait volontiers du côté du militaire, mais prouva sa solidité et ses capacités de vitesse quand il écrasa son pied sur l'accélérateur, avec un peu trop d'entrain peut-être. Dans un vrombissement hystérique, l'automobile cabriola vers l'avant avec enthousiasme et se mit à sillonner les rues éclairées en les balayant de ses deux phares jaunes.

— Tu sens comme elle fougueuse !

Scarlett baissa entièrement la vitre de sa fenêtre pour sentir sur son visage la fraîcheur de la nuit et se mit à rire avec allégresse, sans raison connue. Un mélange de relâchement et d'alacrité. Keir s'en amusa à son tour, alluma la radio, chercha à embellir l'ambiance de musique, puis cessa de la tripoter quand il tomba sur une station de musiques anciennes.

Très étrangement, comme si le hasard voulait leur faire passer un message par l'entremise d'une vieille chanson un peu démodée, les notes de *I'm Sorry* du groupe The Platters résonnèrent dans l'habitacle et même au-delà des vitres, s'égarant dans les rues qu'ils parcouraient à une allure effrénée.

Le rire de Scarlett disparut dans la nuit environnante et son expression se fit aussitôt rêveuse pendant qu'elle admirait, la tête appuyée dans le creux du bras qu'elle avait fixé sur le rebord de la fenêtre, le profil saisissant de Keir.

Les paroles de la chanson trouvèrent leur résonnance dans son cœur d'amante à fleur d'âme.

I'm sorry for the things I've said
Just like a child I lost my head
I should have known from the start
I'd break your heart, I'm sorry

Scarlett rencontra brièvement le regard de Keir au moment où les chanteurs suppliaient. *Give our love a chance to live*

— Ma grand-mère adorait cette chanson... Moi aussi, je l'ai toujours trouvé très romantique, rêvassa la jeune femme en fermant lentement les yeux, qu'elle rouvrit avec stupéfaction lorsqu'un rugissement de moteur strident détonna soudain dans la nuit.

— Tu appuies trop fort sur l'accélérateur, Keir! Ralentis un peu.

L'avertissement ne servit à rien, car déjà une fumée nébuleuse de mauvais augure se mit à s'échapper du capot.

— Blue Coco ! s'écria Scarlett en portant une main à sa bouche, estomaquée par les nouveaux caprices de son véhicule.

— Bordel de chez bordel ! Je savais bien que ce tas de ferraille allait nous faire le coup de la panne un jour !

La vision embrouillée par le nuage de fumée obscure qui bâchait le pare-brise, Keir évita de justesse une voiture roulant en sens opposé et imposa à la voiture une trajectoire bifurquée, tandis qu'il ralentissait la vitesse de leur allure.

— Keir ! Il faut qu'on s'arrête quelque part ou elle risque de prendre feu !

À peine Scarlett venait-elle d'émettre cette injonction qu'une sirène de police les interpela en même temps que les lumières des gyrophares les éblouirent à travers les rétroviseurs extérieurs du véhicule.

— ARRÊTEZ-VOUS SUR LE CÔTÉ ! leur ordonna-t-on à travers un haut-parleur.

Sans jamais se défaire de ce calme superficiel acquis à force d'entraînement, Keir fléchit sous cette injonction en freinant davantage, jusqu'à se garer en bordure de route, là où ils ne pourraient pas s'ériger en obstacle. Il coupa ensuite le contact, puis détacha sa ceinture de sécurité en sommant à Scarlett :

— Sors d'ici, ça commence à sentir le roussi !

La concernée s'exécuta sans désemparer et se retrouva bientôt nez à nez avec un officier de police au faciès inquisiteur, tandis que Keir affrontait son collègue de l'autre côté du véhicule.

— Bonsoir, on dirait que vous êtes dans une situation embarrassante, lança le plus âgé des deux à l'adresse de Keir.

— Ouais... elle s'est mise à produire de la fumée, tout à coup, alors qu'on roulait depuis quelques minutes seulement.

Keir était d'une humeur piquante. Cette Blue Coco était en train de gâter leur soirée.

— Elle est vieille... un modèle de plus de quarante ans, je suppose ?

— C'est la première fois que ça arrive, intervint Scarlett, prête à se faire l'avocate de sa Coccinelle adorée. Je n'ai jamais eu de problème avant ce soir. Enfin, pas de problèmes de ce genre-là, s'enquit-elle d'ajouter sous les coups d'œil dubitatifs des policiers.

— Pourtant, elle a tout l'air d'avoir besoin d'un contrôle complet au garage, nota l'agent qui lui faisait face. Outre la fumée, nous avons aussi remarqué que vous aviez le feu arrière droit non fonctionnel. Ça entraîne une amende.

— Quoi ?

— Et que vous aviez dépassé la limitation de vitesse de 30 km/h, monsieur. J'aimerais voir vos papiers, s'il vous plaît.

Cette fois-ci, ce fut à Keir d'être ébaubi, mais il chercha à amoindrir les dégâts de cette situation fâcheuse en se montrant coopératif. Il sortit lesdits papiers de la poche arrière de son pantalon et les tendit au policier.

— Comment je pouvais le savoir ? riposta-t-il quand même, un œil étréci en direction de l'automobile fumante. Le compteur marche à peine !

— Raison de plus pour l'emmener chez le garagiste, trancha le policier en dégainant sa lampe torche pour lire les papiers de Keir. Capitaine des marines, hein ?

— Oui.

Le policier porta subitement sa lampe torche sur le visage du militaire, qui crispa les traits sous l'intensité de la lumière.

— On ne vous a pas appris à respecter les limitations de vitesse dans la U.S.M.C ?

— Je respecte les règles d'ordinaire.

— Apparemment, vous les outrepassez dans la vie civile. Je suppose que vous avez bu, enchaîna le policier en faisant cette fois-ci glisser le faisceau lumineux de sa lampe torche sur la silhouette de Scarlett.

Sous cette inspection, la jeune femme demeura silencieuse aux côtés de son collègue, bien trop dépitée par le spectacle que renvoyait le trésor hérité de son père pour émettre quoi que ce soit.

— J'ai bu un verre ou deux, pas ma femme. Elle allaite notre bébé, argua Keir, qui n'avait pas les mêmes notions quantitatives d'alcool que les officiers de police.

— Un verre ou deux ? Mmm… nous allons le constater grâce à l'éthylotest dans lequel vous allez souffler.

— Comme vous voudrez.

Keir s'abstint de toute expression quand il vit le policier lui tendre le fameux test dans lequel il souffla, apprenant rapidement que celui-ci était, ô malheur, positif. Ce n'était pas dramatique, mais assez pour le punir d'une amende et d'un retrait de points sur son permis.

— Vous savez ce que cela entraîne, n'est-ce pas ?

— Affirmatif.

Keir s'était fait sombre quand sa compagne trépignait d'impatience devant sa voiture dysfonctionnelle, qui avait tout l'air de vouloir expirer d'une seconde à l'autre. La fumée se répandait toujours dans les airs en créant un smog grisâtre au-dessus de leurs têtes.

Ils pouvaient dire adieux à la soirée tressée de complicité et de passion à laquelle ils comptaient s'adonner quelques instants plus tôt.

Ce moment d'union sacrée allait encore être différé.

Tout cela à cause de cette maudite Coccinelle que Keir aurait voulu voir croupir au fin fond d'une décharge du Kentucky ! Loin de lui et de Scarlett.

— Concernant la voiture, nous allons vous appeler une dépanneuse, annonça le plus jeune des policiers en dégainant son téléphone de service. J'espère que vous avez une alternative pour rentrer chez vous.

— Si tu n'avais pas appuyé comme un malade sur l'accélérateur, le moteur ne se serait pas emballé comme ça ! fit sèchement remarquer Scarlett en croisant les bras contre sa poitrine, l'œil humide.

— Parce que c'est de ma faute maintenant ?

Cette fois-ci, Keir ne chercha pas à receler son ébahissement.

— Oui !

— Bien sûr, comme toujours !

— Je te le jure, si la dépanneuse abîme Blue Coco, je ferai la grève jusqu'à l'année prochaine.

Sous le mot *grève*, Keir devina celui de *sexe*.

Si Scarlett semblait très sérieuse sur le coup, il savait que ce n'était qu'une menace en l'air. Ce n'était pas possible. Ils ne se résisteraient jamais jusqu'à l'année prochaine, cela dépassait ses capacités d'homme, de militaire.

Si cette nuit n'était plus propice à l'amour, une occasion très prochaine se présenterait à eux.

Il s'en faisait le serment.

— Je suis désolé, Scarlett..., finit-il par soupirer. Mais bon, on aura au moins un truc à raconter à notre fils demain.

La jeune femme renâcla en retenant des larmes de fatigue et de contrariété, puis soupira, l'air désespéré :

— Je veux voir mon bébé. Ce soir.

La perspective d'une nuit d'amour éclatait tel un ballon de baudruche sous la piqûre d'une aiguille.

Chapitre 18

Le lendemain soir

— Keir, tu te sens capable de garder Bruce tout seul ou je dois l'emmener chez Livia et Hudson ?

Assis sur la méridienne pourpre, son garçon sur les genoux, le principal concerné regardait un match de hockey en sirotant une cannette de 7 Up quand Scarlett s'imposa à sa vue, maquillée, vêtue d'un pantalon de ville noir et d'un haut turquoise au décolleté scandaleux, parfaitement assorti à sa paire d'escarpins du même coloris.

— Où est-ce que tu vas sapée comme ça ?

— Ma collègue fête sa première année de divorce. Ça lui fait un an de célibat et nous sortons entre filles pour commémorer sa liberté.

— Tu célèbres les divorces maintenant ?

— Pas les divorces, *son* divorce. Son ex était une vraie enflure.

Keir saisit la télécommande pour baisser le son, posa ensuite sa cannette sur la table basse, avant de se redresser en repositionnant son bébé contre lui. En quelques pas, il fut à la hauteur de la jeune femme et put la reluquer plus minutieusement.

— Tu n'aimes pas les escarpins.

— J'y ai pris goût pendant ton absence.

— Si tu sors avec ce décolleté monstrueux, les mecs ne vont pas te lâcher.

— J'ai mon escorte et le teaser de Hudson, répliqua-t-elle au moment où des coups de klaxon chantonnèrent depuis l'extérieur. On est venu me chercher. Est-ce que ça va aller avec Bruce ? Si tu as un problème, Livia est juste à côté. Je l'ai prévenue que je sortais.

— Mais oui, je peux m'occuper de mon fils tout seul. Tu rentres à quelle heure ?

— Dans trois ou quatre heures, vers minuit.

— Où est-ce que tu vas ?

— Dans un restaurant en face de Beaufort River.

— Comment s'appelle ce restaurant ?

— *Saltus River Grill.*

— Mesdames vont se faire plaisir à ce que je vois. Vous serez combien ?

— Quatre. Pourquoi tu me poses toutes ces questions ?

— Au cas où tu serais en danger.

— J'ai mon permis d'arme, des notions d'arts martiaux, un teaser dans mon sac à main et des talons semblables à des poignards. Je peux me défendre toute seule.

Keir arbora un air défiant.

— Tu as une personne de référence ?

— Bon sang, Keir, ce n'est pas comme si j'avais dix ans et que je partais en classe d'hiver sans mes parents !

— Personne de référence, insista-t-il.

Elle soupira en levant les yeux au ciel, au moment même où les klaxons se faisaient de plus en plus insistants.

— Erik Warren, souffla-t-elle sous le regard désormais sec de Keir. Tu trouveras son numéro dans le carnet d'adresses qui est à côté du fixe. Ça te va ?

— Le pompier ?

— Le même qui m'attend à l'extérieur, dit-elle en se penchant pour embrasser son bébé, marquant ses joues joufflues de traces de lèvres. Maman revient bientôt, mon amour. Sois gentil avec ton père, tu veux ?

Aux baisers de sa mère, le poupon laissa paraître ses magnifiques fossettes en s'agitant avec excitation dans les bras de Keir.

— Je croyais que c'était une soirée entre filles, à moins qu'Erik ait décidé de couper ses couilles… ?

— Tu peux être tellement vulgaire parfois ! soupira-t-elle en se hâtant vers la porte d'entrée.

— Ne me dis pas que tu lui donnes toujours de l'espoir ?

— C'est mon ami, l'homme qui m'a consolée pendant ma grossesse.

Elle avait ouvert la porte et s'était retournée à moitié pour le fixer et lui lancer d'un air de défi :

— Il m'a même proposé le mariage. Il m'aime et adore Bruce.

Keir se rapprocha dangereusement d'elle, sans l'effrayer, juste assez pour lui souffler au visage :

— Qu'est-ce que tu as répondu à sa demande ?

Hudson avait pris le soin de lui taire cet épisode.

— Qu'il était le meilleur homme que cette planète puisse porter. Après Hudson, bien sûr.

— Et moi, tu me mets où dans le classement ?

— Toi, tu es inclassable.

— Comment je dois le prendre ?

Scarlett lui darda un sourire énigmatique, puis se hissa sur ses escarpins pour lui voler un baiser vif sur la bouche.

— Bonne soirée.

Et sans lui permettre d'en placer une ou même de la retenir, Scarlett se faufila par l'ouverture de la porte et dévala joyeusement les escaliers, ses talons l'entraînant vers la Mercedes grise garée devant la maison.

Avant de grimper à l'intérieur, elle se permit un dernier salut en direction de Keir et Bruce, puis disparut de leur vue.

En rentrant dans la demeure, le militaire pensa de longs moments à Scarlett et Erik dans cette voiture. Il n'aimait pas la savoir en présence de cet homme, surtout après sa brûlante révélation, et la corde de la jalousie se mit à vibrer dangereusement dans son corps.

Merde !

Elle lui échappait encore une fois en allant gaspiller son temps libre en compagnie du pompier et d'autres inconnus ! Tout ça pour fêter un divorce, alors même qu'il espérait l'épouser dans un futur proche. À croire qu'elle cherchait à le piquer, le provoquer, peut-être inconsciemment...

— Tu trouves ça normal, Bruce, que ta mère sorte comme ça en nous laissant seuls ?

Il se sentit ridicule de demander cela à son bébé, puisqu'il était loin d'être le plus à plaindre. Par le passé, c'était bien lui qui les avait lâchement abandonnés au moment fatidique, à l'instant où Scarlett avait cruellement besoin d'un soutien masculin, du père de son enfant.

— Je crois qu'une mission de surveillance nous attend, mon petit bonhomme, décréta-t-il en gravissant les escaliers pour introduire la chambre de Bruce, saisir un minuscule bonnet et un gilet dont il lui couvrit le crâne et le torse par-dessus sa grenouillère.

Il laissa ensuite Bruce dans son berceau, le temps pour lui de se munir de son artillerie de Papa-Commando : un porte-bébé noir, une tétine avec son attache-tétine

Spiderman, accompagnée de son rechange et d'un petit ours en peluche habillé de sa tenue camouflage, avec aptitude musicale quand on appuyait sur son ventre.

Lui-même vêtu d'un jogging en coton et d'un t-shirt à longues manches noir, Keir s'habilla du porte-bébé, qu'il sangla autour de son torse et de sa taille avant d'y glisser son fils. Ce dernier ne protesta en aucune manière et semblait très confortable dans cet accessoire de transport, solidement plaqué contre son père sans qu'il n'ait besoin de le tenir dans les bras.

Keir alla ensuite récupérer dans sa propre chambre un bonnet noir, s'en coiffa, puis se chaussa d'une paire de baskets sombres. Avec un coup d'œil au miroir de son armoire, il crut réellement voir un commando en infiltration civile, accompagné d'un bébé pour le rendre insoupçonnable. Ou alors à un gangster de haut vol, soupçonné de kidnapping. C'était la balafre et le bonnet qui lui conféraient cet air d'individu peu recommandable.

Une poignée de secondes plus tard, Keir et Bruce sortaient sous un ciel encore crépusculaire, dont la clarté promettait une nuit douce et étoilée.

— Heureusement que tu n'es pas en âge de comprendre les choses, sinon tu me prendrais pour un fou, dit Keir à l'adresse de son fils, pendant qu'il longeait le trottoir d'une allure assurée. Mais enfin, je n'aime pas savoir ta mère en présence de ce pompier, surtout quand elle arbore un décolleté pareil. Crois-moi, c'est un appel au viol.

Les passants qui croisaient le chemin de Keir se retournèrent sur ce duo exotique, entre le grand Scarface au visage austère, qui semblait n'avoir rien de cordial, et ce minuscule poupon au minois tacheté d'empreintes de lèvres rouges.

Keir chantonnait une chanson écossaise à son fils quand ils arrivèrent enfin sur Bay Street, en face du *Saltus River Grill*, situé à moins de dix minutes de leur maison. Le restaurant était l'un des plus luxueux de la ville et offrait des repas en plein air, sur une terrasse illuminée et joliment décorée. Le marine passa au crible de son regard toutes les tables des lieux, de l'extérieur comme de l'intérieur, mais n'aperçut nulle trace de Scarlett.

Elle lui avait menti.

Vexé par ce mensonge, il quitta les lieux et commença à marcher machinalement vers Downtown Marina, un bassin aménagé où plusieurs bateaux de plaisance et de pêche étaient amarrés.

D'une inspection visuelle et périphérique, Keir fouilla scrupuleusement les alentours, entre les terrasses des restaurants, les passants et les bateaux qui se ballottaient paresseusement sur les flots quiets. Ses pas le rapprochèrent de Downtown Marina, le dock étant séparé de Bay Street par un espace verdoyant et un parking. Ce fut à ce moment précis qu'il remarqua la Mercedes du pompier, avant d'apercevoir, au loin, la silhouette de Scarlett sur l'un des pontons. Du haut de ses escarpins et maintenue en équilibre par la main déplacée d'Erik sur sa taille, elle avançait en direction d'un Albemarle blanc, d'un modèle un peu désuet, à l'intérieur duquel se tenaient deux hommes.

Il n'y avait aucune autre femme à bord.

La folle !

Keir pesta entre ses lèvres et tout en voyant Scarlett disparaître dans le bateau, resserra son étreinte autour de son fils.

— Cap ou pas cap de les rejoindre pour animer leur soirée ?

Tout en tétant énergiquement sa tétine, Bruce contempla son père lui parler, lui communiquer ses hésitations.

— Bon, il faut que tu saches que je suis un emmerdeur de première. Je ne vais pas laisser ta mère toute seule avec ces mecs. Elle est vraiment dingue...

Et sans plus se poser de questions, Keir traversa le parking d'une démarche déterminée, avant d'atteindre le dock, dont il sillonna le complexe de pontons avec aisance. Il s'achemina vers le fameux Albemarle blanc, baptisé *Pocahontas*, et apparut bientôt devant les trois hommes présents.

— Bonsoir, tout le monde, décocha-t-il d'une voix suave, qui n'annonçait d'ordinaire rien de bon.

Erik manqua s'étrangler avec sa salive, tandis que les autres hommes poussaient des interjections en alertant Scarlett, affairée à discuter avec un vieillard que Keir n'avait pas vu au loin. Elle tenait un objet non identifiable entre ses doigts et sembla le fusiller de ses yeux-révolvers.

Il ne s'était pas trompé : à part elle, nulle autre femme n'accompagnait les quatre hommes sur le petit bateau.

— Je ne voudrais offenser personne, mais tes *amis* n'ont pas l'air d'avoir un décolleté aussi indécent que le tien, feu follet.

Chapitre 19

— C'est l'âme d'ours dont tu m'as parlé, Scarlett ? intervint le vieillard assis à même le sol du bateau, ses longs cheveux grisonnants tombant en natte dans son dos trapu.

Grâce à la luminosité intérieure de l'appareil, Keir identifia mieux les faciès des trois inconnus et nota leurs origines amérindiennes. Le vieillard respirait la quiétude d'un chaman, tandis que les deux autres, visiblement assez jeunes pour être ses petits-enfants, demeuraient sur leurs gardes, pareils à deux chiens de berger sur le point de le mordre au cou. Car, malgré la présence de Bruce dans ses bras, Keir dégageait toujours cette agressivité d'ours mal-léché.

— Oui, c'est lui.

— Âme d'ours ? réitéra Keir en arquant un sourcil.

— Pourquoi tu m'as suivie ? rebondit Scarlett, son ton trahissant l'agacement qu'elle tentait de masquer.

— Je ne faisais pas confiance à Erik et apparemment, j'ai eu bien raison de te suivre, parce que tu m'as menti.

Le pauvre Erik, cloué à la banquette de l'Albermarle, parut offusqué par la pique volontaire du marine. Ce dernier crut judicieux de poursuivre :

— Ce n'est pas du tout un anniversaire de divorce que tu es en train de fêter entre filles !

— J'avais bien senti son côté possessif. On dirait une maman ourse avec son petit, souligna le vieillard d'un air goguenard.

— Tes réflexions à deux balles, tu peux les garder pour toi, chef Powhatan, grogna Keir, qui aurait aimé monter sur le bateau pour en sortir Scarlett et la traîner *manu militari* jusqu'à la maison.

— Il démarre au quart de tour, c'est un impulsif et un imprudent, poursuivit le vieillard, nullement impressionné par le fiel du balafré. Mais il a un bon fond, solide et fiable. La griffe lui ira à merveille.

— La griffe ?

Comme Keir ne comprenait rien, Scarlett se redressa et marcha jusqu'à lui, dévoilant dans sa main un collier, au pendentif martial. Il s'agissait d'une grande griffe de prédateur sauvage, rehaussée d'une bélière en or blanc, elle-même pavoisée de deux turquoises amérindiennes. On aurait dit un trophée de chasseresse qu'elle lui présentait tel le plus précieux des dons.

— C'est une griffe de baribal, tué lors d'une chasse en Alaska au début du siècle dernier. Elle a appartenu à de grands hommes et aurait la réputation de protéger ceux qui la portent. Je suis venue avec Erik pour l'acheter et te l'offrir le jour de ton anniversaire. C'était supposé être une surprise, mais comme toujours, tu as le chic de tout gâcher, expliqua-t-elle froidement.

Investie d'une bonne volonté et désireuse d'améliorer leur relation, dans l'expectative de renouer les liens passionnés qu'ils avaient autrefois partagés, Scarlett avait eu l'idée d'organiser une soirée d'anniversaire pour célébrer les trente-cinq ans de Keir. La fête était supposée avoir lieu dans un mois et elle avait songé à lui offrir ce magnifique cadeau à cette occasion. Sachant que ses amis amérindiens étaient de passage cette semaine, elle avait choisi cette soirée pour récupérer la fameuse griffe d'ourse.

Manque de chance, Keir était un fouineur né.

— C'est une surprise pour mon anniversaire ?

Désormais, c'était à lui d'être frappé de stupeur. Les anniversaires, ce n'était pas son affaire. Il ne se souvenait même plus de la dernière fois qu'il avait fêté le sien. C'était peut-être à l'occasion du dix-septième ou peut-être du vingt-troisième...

L'intention charmante et la déception sincère de la jeune femme l'attendrirent autant qu'elles lui procurèrent de la honte. Il se sentit soudain ridicule de l'avoir suivie : premièrement, elle n'était pas sa femme — pas encore — et n'avait aucune raison de lui devoir des comptes, sauf quand cela concernait leur bébé ; deuxièmement, elle était sortie pour lui, juste dans l'espoir insensé de lui faire une surprise.

Mais quelle idée de sortir dans une tenue aussi sexy, en compagnie d'un homme avec tout autant de charme ? Ce n'était certainement pas avec son décolleté qu'elle aurait réussi à endormir ses doutes !

— *C'était* une surprise, rectifia-t-elle. Maintenant que tu connais ton cadeau, tu n'as qu'à le porter. Ça ne sert plus à rien d'attendre le jour J.

— Tu penses que j'en suis digne ?

— Oui. Même si tu es le type le plus agaçant que je connaisse, répliqua-t-elle en lui tendant une main, afin qu'il l'aide à regagner le ponton sans trébucher.

Là, elle se retrouva face à Keir et son bébé, atteignant à peine la hauteur de son menton malgré les talons élancés, puis lui ordonna d'une rotation de l'index de se tourner.

— Bruce est censé dormir à cette heure-ci, pas jouer aux espions avec son père.

— Il s'est montré d'une très grande discrétion, c'est pas donné à tous les mioches de son âge, plaisanta-t-il en sentant la chaîne en or blanc glisser autour de son cou.

La griffe d'ours pendit ensuite sur la poitrine de Keir en intriguant Bruce, subitement aspiré par la contemplation des deux turquoises magnétiques. Le bijou était cependant trop haut pour qu'il puisse le saisir dans sa petite poigne.

— Ce bijou était fait pour lui, lança le vieillard depuis son emplacement. On dirait que la griffe a trouvé sa bête... son *maître*.

— Il est drôle ton copain, marmonna Keir en se penchant vers le visage de Scarlett, si dangereusement qu'elle sentit la chaleur de son haleine à quelques centimètres de sa bouche. Merci pour ce cadeau, mon amour.

La jeune femme demeura un moment immobile, ses yeux admirant la promiscuité de cette bouche si souvent aimée et rêvée... toutefois, dès qu'il mima un mouvement pour sceller leurs lèvres, elle se dégagea prestement sur le côté, le laissant ainsi embrasser le vent.

Le militaire endigua à peine un grognement de frustration.

— Maintenant, Keir, rentre avec Bruce à la maison. Je vais dîner avec Erik et mes autres amies, qui nous attendent au restaurant.

— Il va finir par te sauter dessus, protesta-t-il avec un regard d'avertissement en direction du pompier, qui brandit les mains vers le ciel en signe d'innocence.

— Arrête de jouer les époux bafoués, nous ne sommes pas mariés.

— Pas encore.

Keir redirigea son regard d'acier vers Erik, lequel quitta le banc pour se matérialiser à leurs côtés, sur le ponton.

— On va seulement dîner ensemble, Dalglish, assura le pompier. Entre *amis*.

Keir ignora son interlocuteur et s'adressa de nouveau à la jeune femme :

— Je viens avec vous.

— Tu ne vas pas t'imposer comme ça ?

— Pas en tant que mari, mais en tant que chaperon. Je veux que la mère de mon bébé soit aussi irréprochable qu'une vierge.

Plusieurs rires fusèrent depuis l'Albermarle, alors que Scarlett tapait du pied avec impatience. Si Bruce ne se trouvait pas dans les bras de Keir, elle se serait fait une joie de le pousser à l'eau pour refroidir ses doutes.

— Nous serons avec deux autres de mes amies.

— Raison de plus pour m'incruster. Je veux connaître les personnes qui t'entourent.

Moins d'une heure plus tard, le petit groupe dînait en compagnie de Heather et du docteur Cusack, ravies de voir l'homme dont leur avait parlé Scarlett. Tour à tour, elles avaient eu la description d'un amant passionné, d'un marine redoutable et intrépide, puis celle d'un salopard magnifique, qui l'avait larguée comme dans un mauvais *soap opera*, avant de refaire surface tel un pêcheur assoiffé de repentance.

Finalement, il s'imposait comme un homme haut en couleur, dont le charme ne pouvait que toucher la sensibilité des femmes. Même Erik avait retrouvé à son contact leur bonne entente des premières heures lorsqu'enfin, le militaire avait réalisé qu'ils ne chassaient plus sur le même territoire. En effet, l'affection qui liait le pompier et l'infirmière était désormais de l'ordre de l'amitié fraternelle, rien de trop menaçant à ses yeux.

Chapitre 20

Deux semaines plus tard

Keir n'avait jamais dû attendre autant de jours pour obtenir la capitulation d'une femme, ancienne amante qui plus est.

Cela faisait plus d'un mois que Scarlett s'échappait tel un lièvre à chaque fois qu'elle le sentait s'aventurer dangereusement à ses côtés. Un mois qu'ils jouaient à ce jeu du chat et de la souris en plombant l'atmosphère d'une énergie émotionnelle et sexuelle à peine supportable. Un mois qu'il vivait dans l'attente d'une invitation désespérée, assoiffé tel un supplicié que l'on avait cadenassé à un poteau dressé aux abords d'une rivière mélodieuse. Le but était si proche, mais il se sentait prisonnier de cette distance qu'elle leur imposait. Même quand ils s'embrassaient fougueusement entre deux portes, la jeune femme trouvait le moyen de s'évader à quelques pas de l'inéluctable fusion.

Ce soir, il adopterait une tactique différente. Jouer les agneaux et attendre un signe de Scarlett n'était pas la meilleure façon de la reconquérir, car son obstination à lui résister pouvait s'étendre jusqu'au prochain Déluge si elle le voulait. Non, il fallait qu'il la joue à la Dalglish, qu'il lui impose un combat frontal.

— Scarlett, tu es prête ? l'interpela Keir depuis le bas des escaliers.

Habillé d'un smoking noir classique, sobre et très élégant, sous la veste duquel il s'était vêtu d'une chemise blanche et d'un nœud de papillon noir, le trentenaire guettait l'arrivée de la jeune femme. Cela faisait plus de deux heures qu'elle se préparait et si tant de soin était dépensé, c'était parce qu'ils étaient invités à célébrer le soixante-quinzième anniversaire du général Arlington.

Une soirée très mondaine où se mêleraient la fine fleur de la U.S.M.C et des personnalités importantes de la Caroline du Sud se tiendrait dans sa superbe villa victorienne.

— J'arrive ! l'entendit-il crier à travers les couloirs de la maison.

— Ça fait vingt minutes qu'elle dit ça, glissa Keir à l'oreille de son fils, emmitouflé dans une grenouillère bleu ciel et blotti dans les bras de son père, l'air serein.

Il était prévu que Bruce rejoigne Luna chez Hudson et Livia pour être gardé par Spencer et Raúl, ravis de pouvoir pouponner ensemble.

Des bruits de talons claquèrent bientôt sur le plancher des couloirs, mettant Keir aux aguets, et bien vite, la silhouette de Scarlett apparut au sommet des escaliers.

Son nœud de papillon noir sembla se resserrer autour de sa gorge quand elle commença à descendre les marches en laissant apparaître le mouvement de ses cuisses à travers la fente de sa robe chocolat.

Il manqua s'étouffer avec sa propre salive. Son étreinte se raffermit sur son fils, qui, à la vue de sa mère, s'était mis à gigoter avec joie.

— Ça va, Keir ? Tu as l'air mal…, observa-t-elle d'un ton moqueur.

Cette diablesse savait parfaitement ce qu'elle faisait en s'habillant de cette robe scandaleuse, moulante à souhait, qui gainait sa taille, faisait ressortir l'harmonie de ses hanches, le galbe de ses fesses et mettait en valeur sa poitrine plantureuse en dévoilant à chacun de ses pas une parcelle de ses cuisses fuselées.

Petite sorcière.

Que dire des escarpins aux motifs léopard qui chaussaient ses beaux petits pieds, de ses bijoux dorés et de son style capillaire léonin, à la fois bombé, lâché et détaché, librement inspiré des coiffures qu'arborait autrefois le sex-symbol français, Brigitte Bardot ?

Elle était sublime.

Et Dieu... créa la femme, se dit-il en pensée au souvenir de l'actrice française.

— Ma coiffure ne te plaît pas ? s'inquiéta-t-elle soudain comme il demeurait muet en la jaugeant de long en large.

Il découvrit ses yeux maquillés de mascara et d'eye-liner, ainsi que du rouge mat sur ses lèvres. Entre lolita et femme fatale.

Le genre qu'il aimait.

— Non... non... tu es parfaite, dit-il enfin.

En réalité, elle n'était qu'indécence. Tout était synonyme d'immoralité sur elle, entre les escarpins léopard qui attisaient des envies grivoises, cette robe terriblement sexy sur ses courbes avantageuses, et ce rouge à lèvres foudroyant.

Elle jouait à un jeu dangereux.

Il ne pourrait bientôt plus supporter la cordialité de leurs rapports.

Ce soir, il lui faudrait absolument plus.

Il la voulait entièrement.

— Tu n'es pas mal non plus, répliqua-t-elle avec un coup d'œil appréciateur à son égard.

Keir arbora un sourire en demi-teinte.

— On ne doit pas tarder, s'empressa-t-il d'ajouter après une inspection admirative. On doit encore déposer Bruce chez Hudson et Livia.

La jeune femme acquiesça en remettant quelque chose dans son sac à main en cuir caramel, puis récupéra son fils dans ses bras pendant que Keir s'équipait du bagage de bébé où des vêtements, des couches et des biberons étaient rangés.

— J'aurais tellement aimé que tu viennes avec nous, Bruce, lui chuchota-t-elle en timbrant son visage joufflu de baisers ardents.

Le petit se mit à rire et s'accrocha à quelques mèches de cheveux roux par jeu, les apportant ensuite à sa bouche pour les mâchouiller.

— Oh, mon bébé, tu vas détruire tout ce que j'ai tenté de faire en une heure ! s'esclaffa-t-elle, faussement dépitée.

Scarlett sortit la première de la maison, suivie de Keir, qui s'occupa de verrouiller la porte d'entrée. Moins d'une minute plus tard, ils rejoignaient leurs voisins dans un brouillard de salutations enthousiastes. Le couple gay avait rejoint les Rowe depuis un quart d'heure et s'amusait déjà avec Luna.

— Scarlett ! Capitaine Dalglish ! se réjouit Raúl en précédant son compagnon pour embrasser bruyamment les deux interpellés. Comme vous êtes fringants dans vos tenues de soirée. Oh, Dalglish junior !

L'artiste se pencha un peu vers Bruce, le chatouilla au ventre en lui arrachant des gazouillis, puis le captura dans ses propres bras, satisfait de sa coopération. Spencer, qui portait quant à lui Luna, se matérialisa à ses côtés en envoyant des baisers aux nouveaux arrivants.

— Si Bruce et Luna se mettent à pleurer, mettez la *Sarabande* de Haendel, ça les calme tout de suite, leur recommanda Livia en rejoignant le perron à la suite de son mari. J'ai laissé le CD de musique classique près du poste de radio.

— La *Sarabande* de Haendel ? Quelle drôle de musique pour calmer des enfants… pour ma part, ça me donne plutôt des envies suicidaires. Mais soit, on écoutera vos conseils !

— Si vous avez le moindre problème, appelez-nous ! renchérit Scarlett après un dernier baiser sur les fronts des deux angelots.

— Mais oui ! Filez maintenant ou vous allez être réprimandés par le général.

Tout en souriant, le couple de baby-sitters congédia les quatre parents, qui se retrouvèrent bientôt immergés dans la douceur de cette nuit carolinienne. Ce fut seulement à ce moment qu'ils purent se saluer convenablement et, pour les deux jeunes femmes, se complimenter sur leurs ravissantes toilettes. Si Hudson arborait un smoking semblable à celui de son frère d'armes, Livia exhibait sa silhouette de sirène dans une robe en mousseline rouge, aux longues manches et au dos nu vertigineux. Ses cheveux blonds, coiffés en ondulations épaisses, effleuraient ses épaules en encadrant son visage de rose anglaise. Comme à son habitude, elle avait la sophistication d'une cantatrice et la sensualité d'une vamp.

— Tu es… à couper le souffle, Livia, lui glissa Scarlett en même temps qu'elles rejoignaient la Jeep gris métallisé de Hudson.

— C'est toi la plus belle.

Scarlett pensait le contraire, car à ses yeux, sa cousine était une véritable déesse, par bonheur dénuée de cette vanité qui rendait la beauté insupportable.

Une fois près de la voiture, les marines leur ouvrirent les portes à l'arrière et les aidèrent à s'installer en évitant de froisser leurs tenues. Ce fut Hudson qui prit le volant tandis que Keir s'établissait sur le côté passager.

— Où est le cadeau du général ?

— On l'a rangé dans le coffre, assura Hudson.

Le quatuor lui avait acheté une lunette astronomique de modèle ancien, acquise dans une brocante de Charleston, que le général Arlington pourrait disposer dans son cabinet de curiosités et utiliser pour admirer les astres.

— D'après John, le général a loué les services d'un orchestre argentin pour ses soixante-quinze ans, lança Hudson sur la route. J'espère que vous savez danser le tango.

— Tu verras, répliqua Keir avec un sourire mystérieux que Scarlett ne pouvait voir depuis sa position.

Ils continuèrent leur route sur environ trente minutes, les jeunes femmes ayant animé la traversée par leurs bavardages divers.

Quand ils arrivèrent devant l'immense demeure victorienne du général, des invités déambulaient déjà dans les jardins illuminés du parc environnant, nimbés des couleurs du crépuscule, ou encore dans les corridors, le hall et le grand salon principal des lieux.

Ce fut John et Lex qui les accueillirent les premiers, tout sourire et chacun portant une coupe de champagne dans leurs mains.

John avait revêtu un smoking gris perle à la pointe de l'élégance, alors que Lex se démarquait de la plupart des hommes avec un tuxedo blanc et noir.

— Alexeï Lenkov ! s'exclama Scarlett en allant à sa rencontre d'une démarche plutôt déhanchée. Avec cette tenue, tu ressembles à Sean Connery dans *Goldfinger*. Il ne te manque plus qu'une petite fleur rouge en guise de boutonnière ici, poursuivit-elle en caressant le revers gauche de son col.

— Tu ne t'es pas regardée ? C'est toi la James Bond Girl, la complimenta-t-il à son tour en la prenant par la main pour la faire tourner sur elle-même, avant de lui claquer un baiser au front. Comment va Bruce ?

— Comme un charme. Luna et lui sont gardés par nos voisins, répondit-elle avant de saluer John.

— Le général voit les choses en grand cette année, observa Keir en donnant l'accolade à ses amis, perdant ensuite son regard sur les silhouettes des invités dispersés de-ci, de-là. J'ai l'impression d'être au bal anniversaire des marines.

— On s'en rapproche, plaisanta John, qui les convia ensuite à pénétrer à l'intérieur de la villa.

Des serveurs en uniformes blancs circulaient parmi les invités en proposant canapés, verrines et coupes de champagne. Hudson et Keir en saisirent une d'office, alors que leurs compagnes s'en passèrent, préférant se perdre dans le salon principal où un orchestre enthousiaste jouait des notes de musiques traditionnelles argentines.

Quand elles sortirent du champ de vision des quatre frères d'armes, ils resserrèrent leur cercle dans une encoignure du vestibule et Lex lança en direction de Keir :

— Alors, vous en êtes où, toi et Scarlett ?

— Ma cible est très mouvante. Je n'arrive presque jamais à être seul avec elle ou quand c'est le cas, un obstacle s'érige toujours entre nous... mais les choses vont changer dès ce soir, assura-t-il avant d'ingurgiter une gorgée de champagne, ses yeux reflétant une détermination que ses compères ne connaissaient que trop bien.

— Il nous tarde de savoir comment tu vas t'y prendre, s'amusa John en sortant de la poche de sa veste un bâton de réglisse, qu'il glissa dans sa bouche à la manière d'une cigarette.

— Vous verrez tout à l'heure.

— J'espère que tu as une technique de drague plus élaborée qu'avant, Dalglish, parce qu'il s'agit de la conquérir définitivement et pas pour une nuit.

Hudson étouffa un rire dans un raclement de gorge, John mastiqua son bâton avec son insupportable sourire narquois, tandis que Lex souligna ses propos d'un croisement de bras imposant.

— Tu serais étonné d'apprendre tous les tours que je cache, Lenkov.

Chapitre 21

Plus tard dans la soirée

Scarlett et Livia s'amusaient comme des enfants. Si elles ne se trouvaient pas en compagnie du général et de ses amis d'une autre génération, elles déambulaient allègrement dans les pièces ou les jardins de la villa en compagnie de femmes rencontrées sur l'instant. Elles buvaient aussi des cocktails sans alcool, mangeaient des canapés, apprenaient des pas de danse dans les bras de grands-pères expérimentés. En bref, elles s'étaient jusque-là affranchies de leurs compagnons, tranquillement installés à une table de jeu où ils enchaînaient les parties de poker et de Black Jack.

Bientôt, les invités commencèrent à s'amasser dans le grand salon pour accueillir l'immense gâteau anniversaire du général. Là, au son de l'orchestre, on chanta la musique de circonstance, on souffla les bougies et on applaudit avec exaltation. Le champagne ne cessait de couler à flots en même temps que tout le monde goûtait à sa part de pâtisserie. La saveur était exquise, autant que l'ambiance et le discours empreint d'humour de leur amphitryon.

— ... maintenant, je saluerai ceux qui voudront bien ouvrir notre petit bal avec un tango argentin sur la *Cumparsita*, le grand classique indémodable, conclut le général en balayant du regard son assemblée compacte d'invités.

Dans la foule, il croisa celui de Keir, qui, un cigarillo dans la bouche, ne semblait attendre que cette proposition. D'un mouvement agile, le marine chercha Scarlett des yeux et la découvrit à quelques mètres de distance, assise sur un divan en compagnie d'autres invités. Elle avait recommencé à parler discrètement, sans deviner qu'à l'autre bout de la salle, le père de son fils viendrait la rejoindre pour l'entraîner sur la piste de danse.

— C'est ça ton rapprochement ? Lui faire danser un tango ? subodora Lex, un peu surpris.

— J'ai pris un stage intensif quand j'étais en Argentine. Crois-moi, je n'ai rien à envier à Antonio Banderas.

Keir exhala une dernière bouffée de tabac avant d'écraser son cigarillo dans le cendrier qu'il gardait en main.

— Antonio Banderas ? J'ai toujours pensé que ta modestie était ta plus grande vertu, ironisa Hudson comme Keir lui remettait le cendrier entre les mains avant de s'éloigner en direction de Scarlett.

Une fois à sa hauteur, il l'interpela d'une voix ravageuse :

— Mon amour ?

Scarlett se détourna de sa conversation et reporta son attention sur Keir, posé près du divan où elle était assise. Entre eux, il y avait un guéridon et une lampe de salon à l'abat-jour saumon, dont la lumière tamisée se reflétait sur son visage dur en le découpant de quelques ombres. Cela le rendait encore plus intimidant.

— Oui ?

Elle ne masqua pas sa surprise dans son regard étoilé.

— Accepterais-tu de partager ce tango avec moi ?

Cette fois-ci, elle écarquilla les yeux.

— Ce tango ? Mais je ne sais pas danser ça, avoua-t-elle comme il se rapprochait pour l'agripper au bras et l'inviter, tout en douceur, à le suivre.

— Moi, je sais. Tu n'auras qu'à te laisser faire... qu'à calquer tes pas aux miens. C'est d'ailleurs le principe du tango...

La réponse de Scarlett ne se fit pas entendre qu'il l'entraînait déjà loin du divan, son bras désormais cimenté à sa taille pour la guider entre les invités.

— Keir, je n'ai pas envie de me ridiculiser..., insista-t-elle comme ils se rapprochaient inexorablement de la piste de danse, aménagée en l'honneur de cette soirée grâce à un repositionnement efficace des meubles quotidiens. En plus, il n'y a personne qui danse !

Mais Keir ignora ses remarques et la propulsa sur la piste en la gardant chaudement contre lui, leur initiative intriguant les convives. Le général leva le pouce en signe d'approbation, heureux de savoir qu'un couple donnerait un peu de vie à cette musique intense, tandis que l'orchestre sembla jouer avec davantage de passion.

Sous les regards qu'on dirigeait sur elle, Scarlett se sentit rougir par pudeur, mais ne trembla pas. De toute évidence, la solidité de Keir l'en empêchait.

— Ne regarde pas les autres, lui souffla-t-il comme elle cherchait visuellement Livia, Hudson, Lex ou encore John.

Ils étaient tous présents, alignés les uns aux côtés des autres, et appréciaient le spectacle qu'elle offrait à son corps défendant.

— Ne regarde que moi, poursuivit Keir en la faisant tourner avec grâce sur elle-même avant de plaquer son corps contre sien, face à face.

Naturellement, sa tête se rejeta un peu en arrière afin de mieux le jauger quand ses jambes marchaient au rythme des siennes, petits pas à petits pas, inspiré par la langueur argentine.

— Tu sais parfaitement danser le tango, puisque c'est ce que nous faisons depuis mon retour, lui chuchota-t-il en plaquant une main possessive dans le creux de ses reins. À chaque fois, tu te rapproches de moi, le désir au corps, pareille à une panthère sur le point de se donner à son chasseur, puis tu te recules brusquement quand tu sens combien je te veux aussi... combien je pourrais être dangereux pour l'intégrité de ton raisonnement. Combien je voudrais user nos corps dans cette danse sensuelle dont nous connaissons si bien la chorégraphie.

Il poursuivit en la faisant de nouveau tournoyer sur elle-même pour l'éloigner avec ardeur, avant de la ramener passionnément contre son corps, cette fois-ci le dos collé à sa poitrine. Là, tout en lui tenant une main de la sienne, il posa l'autre sur son ventre, le caressa en s'aventurant jusqu'à l'aine. Son geste était si empreint de possessivité que tous les autres hommes de l'assistance l'interprétèrent comme un marquage affirmé de son territoire.

De fait, elle était à lui. Pour toujours.

Ce moment si intense, si ce n'était érotique à sa manière, rappela à Scarlett le magnifique tango de George Raft et Janet Blair dans le film *Broadway*. Une communion qui se plaçait sous l'égide d'une sensualité guindée.

Par bonheur, Keir enjoliva la scène en imitant — dans un élan artistique inconscient — le célèbre acteur américain lorsqu'il la replaça face à lui et la souleva avec légèreté, ses deux mains sur sa taille pendant qu'elle se retenait à sa nuque d'une paume, pour la faire tournoyer dans les airs telle une colombe sur le point de s'envoler. Confiante, amoureuse, Scarlett déploya une souplesse insoupçonnable dans ce tournoiement gracieux et se sentit aussi virtuose qu'une Ginger Rogers dans les bras rassurants de son étonnant partenaire.

— Où as-tu appris à danser comme ça ? lui souffla-t-elle quand il la redéposa lentement sur ses pieds, leurs deux corps étroitement enlacés.

— En Argentine.

Elle ne dissimula pas sa surprise comme il recommençait à la faire danser, toujours plus langoureusement, sa tête penchée au-dessus de la sienne comme dans l'intention de l'embrasser.

Leurs bouches n'étaient qu'à quelques centimètres l'une de l'autre et Scarlett guettait, l'eau à la bouche, une audace de sa part. Son être réclamait sans pudeur un baiser aussi passionné que les notes de la mélodie.

— Tu m'épates, Keir. Je n'aurais jamais cru que tu danserais aussi bien le tango.

Avec une élégante virilité, entre possessivité et délicatesse. Chose qui n'était pas évidente pour un gabarit de marine accoutumé à des sports de combat ou des entraînements de fitness, sous lequel on ne devinerait jamais la lascivité féline d'un danseur argentin.

— Ce soir, quand je monterai dans ta chambre, je te ferai l'amour avec autant d'enthousiasme que ces violons déchaînés…, commença-t-il en resserrant son étreinte autour de sa taille, son corps se faisant si imposant qu'il l'obligea à se courber légèrement en arrière. Je ne m'arrêterai toujours pas au lever du jour, ni même pour boire ou manger, et je resterai en toi jusqu'à ce que tu cries grâce...

L'esprit aimanté à ses lèvres qui lui susurraient autant de promesses enflammées, Scarlett ne trouva plus la honte d'être confuse, étant de toute façon traversée du même émoi. Elle n'attendait plus que cela : être aimée. Physiquement. Avec cette ardeur à laquelle Keir l'avait autrefois habituée.

— Oh, mon amour...

Ce mot sonna telle une prière dans la bouche de Scarlett, laquelle s'ouvrit délicatement lorsqu'il la fit ployer en arrière avec douceur pour l'embrasser. La fin de la musique sembla s'étendre à travers ce baiser fébrile, chaud, au goût de passion et de tabac.

Une chaîne magique paraissait les ligoter ensemble tant il était difficile de les séparer, car même le parterre de témoins ne semblait pas assez dissuasif pour les écarter décemment l'un de l'autre. Ce fut certainement la fatigue qu'entraînait cette situation qui décida Keir à rompre leur baiser en redressant leurs deux corps.

— Tu m'as tant manqué... j'ai envie de toi.

Le murmure de Scarlett fut presque imperceptible, mais résonna tel un carillon de cloche d'église dans le cerveau de son compagnon.

— Je suis là maintenant et plus rien ne pourra nous séparer, même pas l'armée. Je ne veux plus te fuir, mais plutôt m'enchaîner à toi pour les cent années à venir, lui souffla-t-il en reculant un peu son visage, l'œil coruscant, l'expression grave et authentique.

Elle ne répondit pas dans cette parenthèse de silence et l'orchestre poursuivit son jeu avec une deuxième musique de tango. Cette fois-ci, des couples investirent la piste quand d'autres invités continuaient à les admirer en saluant leur prestation de sourires ou d'applaudissements. Parmi eux, le général et leurs amis.

— Oh la la, c'était *caliente* ! s'exclama une Livia bluffée comme ils quittaient la piste de danse pour rejoindre leur petit groupe. Tu nous avais caché que tu dansais aussi bien le tango, Keir !

Ce dernier lui décocha un sourire presque modeste. Loin était la prétention dont il avait fait preuve cinq minutes plus tôt devant ses frères d'armes.

— Oh, quelques pas ébauchés par-ci, par-là…

Mais un grand pas franchi avec Scarlett.

Chapitre 22

Craven Street

Scarlett rentra pieds nus chez elle, sa paire d'escarpins dans une main. À sa suite, Keir marchait à pas feutrés en dénouant son nœud papillon, le regard aimanté à la croupe de la jeune femme pendant qu'elle montait lentement les marches des escaliers.

Cette robe... une pièce offerte par le diable en personne.

Avant de réintégrer la maison, ils étaient passés voir Bruce, profondément endormi aux côtés de Luna, puis avaient accepté d'un même accord tacite de le laisser aux bons soins de Hudson et Livia. Ces derniers savaient qu'en l'absence de leur fils, les conditions de leurs retrouvailles seraient optimales.

— Je vais prendre un bain, lança-t-elle par-dessus son épaule d'une voix engageante, la coiffure un peu défaite par les évènements de la soirée.

C'était une invitation à la rejoindre, tout simplement.

Par-delà la distance, leurs regards se croisèrent et Keir sentit sa bouche se tarir. Il ne dit rien, hochant seulement la tête en guise d'approbation.

— J'allumerai des bougies à l'iris poudré, ajouta-t-elle enfin, rappelant ainsi à leurs mémoires ces détails si parfumés pendant qu'ils faisaient l'amour inlassablement du temps de leur liaison.

Des crampes d'excitation assaillirent le ventre du militaire lorsqu'elle lui adressa un dernier sourire diabolique avant de disparaître à l'étage supérieur.

Enfin, sa patience se verrait récompenser. Cette nuit, ils ne feraient que s'aimer sans considérer le temps qui les entourait. Leurs erreurs seraient effacées par les baisers, par les caresses, par l'étreinte irrémédiable qui les guettait depuis si longtemps.

Par jeu et peut-être par galanterie, Keir attendit cinq minutes avant de suivre le chemin qu'elle venait de lui tracer. Il avait rafraîchi son gosier de whisky, s'était débarrassé de ses chaussures lustrées et de sa veste de smoking.

Quand il apparut à l'entrée de la salle de bains privative de Scarlett, son corps était toujours recouvert de son pantalon de soirée noir et de sa chemise blanche, si parfaitement collée à son torse dont elle mettait les saillies en valeur. Un désir irréductible miroitait dans ses prunelles. Il transportait également l'antique gramophone de la jeune femme entre ses bras et déambulait dans la pièce au son de *La Vie en rose*, interprété par Louis Amstrong, pour le déposer en toute sûreté sur l'un des meubles à proximité.

— J'ai cru que tu avais changé d'avis, minauda-t-elle en frictionnant lentement son bras avec une éponge humide.

Scarlett s'était glissée dans un bain mousseux, la tête reposant sur le rebord de la baignoire *vintage* pendant que ses bras, sa poitrine et ses jambes se devinaient sous des vagues de mousse parfumée. Sa chevelure était relevée en un lourd chignon au sommet de la tête, alors que son visage gardait encore les vestiges de son maquillage.

Comme ça, elle ressemblait à une dryade surprise en pleine toilette.

— Jamais, dit-il d'une voix profonde en se rapprochant d'elle pendant qu'il défaisait un à un les boutons de sa chemise.

L'instant d'après, elle rejoignait le sol carrelé de la salle de bains en révélant aux yeux de Scarlett ce torse si adulé. La griffe y pendait toujours en lui conférant un style un peu ethnique.

— Ton corps... c'est un crime qu'il soit aussi beau, s'émerveilla-t-elle en se redressant dans la baignoire, ses mouvements révélant ainsi ses seins pulpeux aux tétons dilatés et roses, où des reliefs de mousse s'accrochaient.

— C'est plutôt la vue de ton corps qui me rend toute chose... regarde ce que tu me fais, Scarlett, répliqua-t-il au moment où il envoyait son pantalon et son boxer par terre pour lui prouver la dimension de son pouvoir sur lui.

Il bandait sérieusement.

Scarlett se mordilla la lèvre, excitée. Depuis combien de temps ne l'avait-elle pas vu complètement nu ?

Une éternité.

— Plus aucune barrière ne pourra s'ériger entre nous, affirma-t-il en s'approchant de la baignoire, qu'il enjamba avant de s'immerger dans l'eau jusqu'au milieu du torse.

Son corps si grand comblait tout le tub en la forçant à se trémousser vers lui pour trouver une meilleure position. Bien vite, il glissa ses bras sur sa taille, la souleva et l'aida à s'asseoir sur ses genoux étendus.

— N'est-ce pas Scarlett ? insista-t-il et elle sentit dans cette nouvelle posture la force de son érection contre son pubis.

Un frisson électrique se diffusa à l'intérieur de ses cuisses et elle dut prendre appui sur ses deux épaules pour ne pas tomber sur lui.

— Cela ne tient qu'à toi, Keir...

Elle avait murmuré sa réponse en lorgnant ses lèvres fines et les vit s'arrondir sous l'émergence d'un sourire séducteur.

— Si cela ne tenait vraiment qu'à moi, tu serais toujours sanglée à mon corps... d'une façon *très* agréable.

Puis, sans trop de manières, il glissa une main sur sa nuque en rapprochant leurs deux visages et posséda sa bouche avec l'adoration d'un homme qui goûte à nouveau à la saveur de la vie après une malédiction.

— J'adore la saveur de ta bouche, *mo gràdh*...

Ce mot, pareil à une incantation magique, se posa sur les lèvres de Scarlett en l'enflammant tel un feu de Bengale. Sans marquer de résistance, elle glissa à son tour ses bras autour de son cou, se colla contre lui et répliqua dans ses caresses avec autant de fougue. Quand elle bougea, son pubis se frotta au pénis de Keir et le fit tressauter en lui arrachant un gémissement éloquent.

— Tu sens comme je te veux ?

La respiration de Scarlett s'emballa. De l'eau avait coulé sous les ponts depuis la dernière fois qu'ils avaient couché ensemble et elle en ressentit une petite appréhension. Saurait-elle être aussi à l'aise qu'autrefois ? Ressentirait-elle autant de plaisir après une grossesse ?

Au froncement des sourcils sur son visage, Keir devina sa soudaine anxiété et encadra sa tête de ses deux paumes, l'air très doux.

— Qu'est-ce que tu as ?

— J'espère que ce sera comme avant. On dit que ça change après avoir accouché...

— Ce sera toujours formidable entre nous. Toujours.

Scarlett ébaucha un sourire approbateur et Keir remonta ses doigts dans son chignon pour le défaire lentement. L'instant d'après, ses cheveux flottèrent tout autour d'elle en allant plonger dans l'eau du bain sur les longueurs.

— Ma Reine de Cœur... ne les coupe jamais. Même quand ils auront blanchi par la vieillesse, je les aimerais toujours.

Il ne lui laissa pas le temps de répondre et posséda encore sa bouche, la comblant d'une kyrielle de baisers chauds, parfumés, mouillés, alors que ses doigts s'enfonçaient dans le creux de ses hanches pour la redresser un peu et imposer un angle parfait à son sexe.

— Tu es prête ?

Scarlett sentit l'extrémité de sa verge à l'entrée de son intimité. Il pulsait déjà contre elle et savait que sous la mousse, son désir ne faisait qu'enfler. Lors, avec seulement un hochement de tête encourageant, elle se laissa glisser sur ce mât de chair fébrile en douceur, l'eau ne faisant qu'accompagner cette merveilleuse jonction. Dans sa langoureuse quête du plaisir, elle pétrit plus fermement la rondeur de ses épaules entre ses doigts et ferma les yeux de bonheur quand un gémissement de ravissement franchit la barrière de ses lèvres.

Enfin, ils étaient unis.

— On est un peu à l'étroit, mais ça sera bon. C'est déjà bon...

Elle opina du chef, en proie à une montée croissante de chaleur. On aurait dit que son sang s'était renouvelé en lave chaude.

— J'ai l'impression que le monde s'ouvre à moi, qu'il me révèle tous ses secrets quand je suis en toi...

Scarlett lui céda un sourire langoureux, puis se mit à onduler lentement, ses mouvements faisant ondoyer l'eau et la mousse qui les recouvraient avec des clapotis mélodieux.

Au loin, la musique instamment romantique embellissait à chaque parole chantée l'ambiance si tamisée de la pièce. La voix éraillée et profonde de Louis Amstrong lançait comme autant de sortilèges ces mots pendant qu'ils continuaient à s'embrasser :

Give your heart and soul to me
And life will always be
La vie en rose

— Épouse-moi, mon amour, lâcha le militaire sans exorde, les mains encadrant son visage pour la forcer à soutenir son regard obscurci par les embruns du désir.

— Tu connais déjà la réponse, Keir...

— Je veux te l'entendre dire.

— Oui. Oh oui..., soupira la jeune femme au frottement intense de cette longue virilité contre ses parois intimes. Oui... je veux t'épouser, Keir Dalglish.

Assommé de bonheur, le capitaine ne réprima plus ses élans un peu brusques et se mit à la pilonner avec davantage de vigueur. Leur nouvelle danse répandit sur le carrelage des flaques d'eau savonneuse et lesta l'ambiance déjà moite de la salle de bains, leurs soupirs soufflant sur les miroirs témoins un vent de buée sensuelle.

— Ce n'est pas conventionnel comme demande... je n'ai pas encore la bague... mais tu l'auras très vite, mon cœur.

Après d'autres promesses et d'ultimes spasmes, la jouissance déflagra en eux et les laissa palpitants d'une félicité retrouvée.

Chapitre 23

Scarlett en voulait encore.

La longue durée d'abstinence qu'elle avait traversée n'avait fait que décupler son désir sexuel, son envie d'exprimer de la manière la plus primaire qui soit son amour envers Keir. À peine furent-ils sortis de la salle de bains qu'elle éprouva des picotements dans le bas de son ventre, se sentant encore prête à le recevoir au plus profond d'elle-même. Et à voir la semi-érection de son amant malgré leur récente jouissance, il avait encore faim.

Parfait.

— J'espère que tu n'es pas déjà repue, dit-il dans son dos alors qu'elle allait s'établir devant sa coiffeuse, le corps enroulé dans une serviette de bain bleue.

Une fois devant son meuble ancien, la jeune femme le regarda marcher vers elle à travers le miroir, appréciant ainsi le jeu adroit de ses muscles. Des gouttes d'eau perlaient encore sur sa peau dorée tandis que son sexe s'allongeait à vue d'œil. Il avait toujours été très réactif.

— Tu m'as déjà habituée à un rythme bien plus soutenu. Je suis bien entraînée, minauda-t-elle en saisissant une brosse à cheveux pour dompter les siens.

— Ça tombe bien, mademoiselle, parce qu'on va procéder à un stage de rattrapage intensif cette nuit.

Le sourire qui resplendit à travers le miroir révéla à la fois ses fossettes et sa canine surnuméraire, détail qui le rendait souvent carnassier. Ce type serait toujours un chasseur, mais sa proie demeurerait dès à présent la même. À jamais.

Pour mettre le ton à ses propos, il tira malicieusement sur la serviette qui l'emmitouflait et la laissa choir au sol, désormais hypnotisé par les courbes de ce corps généreux, sculptée avec beaucoup de patience, d'amour et d'art. Qu'il aimait sa poitrine forte, ses épaules plutôt étroites, sa taille marquée et ses hanches épanouies, auxquelles il pouvait se retenir fermement pendant qu'il la prenait avec passion…

L'éclairage ambré favorisait l'inspection de son corps, dont il commença à tracer les reliefs du bout des doigts à partir de ses tétons dressés.

Scarlett se mordit la lèvre inférieure en l'admirant faire à travers le miroir. Lui aussi se regardait la caresser, croisant par moment ses yeux fiévreux.

— Tes tétons ont la couleur des morganites…

Elle se laissa aller contre lui, sentant dans son dos la teneur de son érection, puis abandonna sa tête sur son épaule, sans toutefois rompre leur lien visuel.

Keir glissa ses doigts sur son ventre, taquina son nombril, puis vint les perdre sur la toison tendre de son sexe. Elle s'épilait ici, mais pas totalement. C'était parfait pour lui, pour la paume de sa main, si confortable contre la douceur de ce duvet. Pour cajoler son clitoris, si rose et sensible.

— Je crois que c'est l'endroit que je préfère au monde, susurra-t-il en glissant successivement son index et son majeur dans l'ouverture moite de son intimité.

Scarlett en hoqueta de satisfaction, projetant un peu son bassin vers l'avant dans le but de faciliter sa pénétration.

— Je me sens à la maison quand je suis en toi.

— Et moi, je me sens tellement pleine, soupira-t-elle en admirant, les yeux plissés de volupté, les mouvements langoureux de ses doigts dans son vagin. Je t'en prie, Keir... c'est toi que je veux sentir vibrer en moi.

La tension de son érection se raffermit. Il était du même avis, mais voulait encore prolonger le spectacle sensuel qu'elle lui offrait sans honte. Plus il allait en elle, plus elle se crispait autour de lui avec un flot de gémissements encourageants.

— Tu as l'air assez mouillée...

Il ôta ses doigts de sa cavité, les glissa sur son ventre en y laissant des arabesques transparentes, puis se décala un peu pour mettre leurs visages face à face et la pénétrer de son regard. Scarlett ne pouvait se soustraire à son inspection, totalement hypnotisée.

— J'ai envie que ça soit fort.

La respiration de Scarlett devint plus hachée sous la montée croissante de l'impatience, du désir de s'unir à cet homme. Keir était d'un tempérament ardent et c'était entre autres ce qu'elle préférait chez lui.

— Je suis à toi, mon amour. Fais de moi ce que tu veux.

Il eut comme un grognement de satisfaction, ce qui fit sourire la jeune femme, puis l'entraîna vers le centre de la pièce, au pied du lit, là où s'étalait un large tapis en laine de yak blanc, duveteux et idéal pour accueillir leurs ébats.

— Mets-toi à quatre pattes.

L'ordre de Keir sembla raisonner dans son intimité, d'où une décharge de frissons partit pendant qu'elle s'exécutait. La jeune femme trouva sa place au milieu du tapis et s'y installa dans la position requise, les paumes de ses mains et ses cuisses épousant la douceur de la laine alors qu'elle présentait effrontément ses fesses en cambrant le dos. Ses longs cheveux pleuvaient en cascade sur ses épaules en la dévoilant dans sa parfaite nudité.

Un juron échappa à son amant, qui, fasciné par cette pose érotique, avançait non sans douleur vers elle à cause de la protubérance monstrueuse qui pointait entre ses jambes. Sa faim sexuelle était si puissante qu'il en eut un instant le souffle coupé et dut s'arrêter brièvement pour prendre une profonde inspiration.

Cette femme allait le tuer de désir.

— Ça va, mon amour ?

Inquiète de ne pas le sentir aussitôt en elle, Scarlett avait posé cette question en redressant un peu la tête pour lui décocher un regard par-dessus son épaule. Sa masse de cheveux l'empêcha de le voir nettement et la frustra un peu, surtout quand il s'agenouilla derrière elle avec un grommellement qu'elle ne comprit pas, le visage en sueur et froncé comme s'il souffrait d'un mal incurable.

— J'irai mieux après ça…

Afin d'illustrer ses dires, il la saisit à pleines mains aux hanches, infléchit davantage son bassin pour mieux l'exposer à son regard, puis l'investit d'un coup de reins magistral. Il ne s'y était pas pris avec douceur, de manière progressive, mais en conquérant.

— Aaaah ! cria Scarlett, toujours aussi surprise par l'épaisseur de ce sexe pourtant si familier. C'est ce que j'appelle un assaut franc…

— Je t'ai fait mal ? s'inquiéta-t-il en s'immobilisant dans son fourreau, une main perdue sur son pubis, qu'il recouvrit de sa paume tandis que ses doigts se refermaient sur son clitoris.

La respiration brève et l'esprit un peu embrumé, Scarlett s'exprima tout d'abord par un long gémissement, la croupe toujours plus tendue vers lui afin de le sentir au plus loin de sa féminité, puis répondit sur un ton complice :

— Tu rigoles ? J'adore quand tu me prends comme ça...

— Tant mieux, car je ne pourrai bientôt plus me brider.

Keir souligna sa satisfaction d'une vive pénétration, qui les fit bondir vers l'avant pendant qu'elle se raccrochait de toutes ses forces à la laine du tapis. Scarlett se grisa de leurs cris conjugués, se redressa un peu sur ses paumes et décida de répondre à ses offensives en alignant ses déhanchés aux mouvements de son bassin.

— Fou... tu me rends... fou !

D'un accord spontané, ils se frottèrent éperdument l'un contre l'autre, se joignirent avec l'ardeur de leurs étreintes passées, avec la force de deux corps réglés sur la même dynamique et de deux cœurs battant au son du même orchestre.

Leurs gémissements, leurs cris et le parfum musqué que libéraient leurs peaux emplirent la pièce en rendant l'air quasi irrespirable. Scarlett se sentit en nage, étourdie, les sens de son corps à vif. Elle n'affichait aucune réserve dans sa quête cavalière du plaisir, creusant toujours plus ses reins pour l'aider à toucher ce fameux point de non-retour.

— Mon cœur..., grogna-t-il en cessant son va-et-vient à mi-chemin, ses yeux aimantés sur son pénis à moitié abrité dans l'antre de son amante. C'est tellement beau... de me regarder en train de te pénétrer...

Scarlett sanglota une réponse inaudible, qui sonna cependant tel un assentiment aux oreilles de Keir. Le bonheur enchaîné au cœur, la chair en feu, il sourit pour lui-même, glissa une main sur la courbure délicate de sa colonne vertébrale, remonta très doucement jusqu'à sa nuque gracile, puis s'empara avec patience de sa chevelure éparpillée. Une fois ses mèches soyeuses entre ses doigts rugueux, il tira sensuellement dessus en glissant avec langueur dans son vagin.

— Je pensais à toi tout le temps... la nuit, quand j'étais seul, je me masturbais en pensant que ma main était ton délicieux petit sexe...

Il ponctua sa phrase d'un gémissement rauque et ses confessions osées excitèrent tant et si bien Scarlett qu'elle le serra tel un poing en tirant l'alarme de leur jouissance. Sans la moindre retenue, la belle rousse chanta son nom pendant qu'elle glissait sous le poids du plaisir contre le confort du tapis, alors que son bassin restait fermement aimanté à ce sexe dilaté, soumis à un soubresaut énergique qui annonça le jaillissement de son orgasme.

— Oh, mon amour...

La seconde suivante, Keir se libérait à longs traits, les yeux plissés, le corps arcbouté d'un bien-être ineffable, ravi d'arroser cette précieuse cavité de son abondante semence. C'était l'apothéose de leur étreinte.

— Keir ? souffla-t-elle, le visage enfoui dans la douceur de la laine.

— *Tha gra'dh agam ort*, Scarlett.

Par cette formule, la gorge du capitaine s'affranchit d'un poids qui le plombait depuis des mois.

Je t'aime, Scarlett.

C'était la première fois qu'il le lui disait en gaélique écossais.

Chapitre 24

Le lendemain

Enlacés l'un à l'autre, à moitié assommés par leur longue nuit d'amour, Keir et Scarlett s'admiraient mutuellement, elle retraçant du bout de son index la ligne irrégulière de sa balafre pendant qu'il s'amusait à recompter ses éphélides, un jeu inventé à l'époque de leurs premières étreintes.

— Cent-trente-trois… je sens que je vais me perdre à partir de là, chuchota-t-il.

— Tu n'y arriveras jamais.

— Si, un jour je saurai combien tu en as exactement. Je pourrais passer ma journée à les dénombrer.

— Tu es vraiment amoureux, dans ce cas.

— Passionnément. À la folie, même.

— Tu n'exagères pas ?

— Je pourrais mourir pour toi, Scarlett, assura-t-il d'une voix de capitaine intraitable, les sourcils froncés avec gravité, le regard solennel.

— Seigneur… c'est vraiment du sérieux alors.

— Je n'ai jamais été aussi sérieux depuis que j'ai réalisé que je t'aimais… et depuis que Bruce existe.

Scarlett glissa son index entre les sourcils de Keir, caressa cette zone frontale pour la lisser avec douceur.

— Si un jour quelqu'un m'avait dit que j'aurais un bébé avec toi et que nous nous marierions, je crois que je lui aurais ri au nez.

— Le destin est surprenant.

— C'était mal parti entre nous.

— Notre rencontre était cocasse… on aura au moins quelque chose d'original à raconter à nos petits-enfants.

— Mmm… il faudra romancer un peu… On parlera aussi de notre premier baiser à l'aéroport… puis, de la manière dont on a arrêté ensemble les braqueurs… des roses de Damas que tu as fait livrer par hélicoptère… Et bien sûr, on leur racontera notre tango chez le général Arlington. Je me souviendrai toute ma vie de ce moment si beau… j'avais l'impression d'être dans un film.

Keir libéra un rire léger et heureux, puis se mit à admirer le plafond d'un œil pensif.

— Maintenant que je réfléchis bien, je trouve que le destin s'est montré plutôt compétent sur le choix de ma future épouse. Tu réponds à tous mes critères, sauf peut-être un.

— Lequel ?

— Tu ne pratiques pas le *pole dance*, plaisanta-t-il.

— Tu pourrais bien être étonné par mes capacités d'apprentissage !

— Oh, je n'en doute pas, mon amour.

Le militaire rapprocha de nouveau leurs têtes et posséda sans préambule sa bouche. Dans leur fougue, il l'installa à califourchon sur lui, puis s'assit à son tour en se reposant légèrement contre la tête du lit.

— On dirait que vous êtes prêt à faire un autre bébé, monsieur Dalglish, observa-t-elle contre ses lèvres alors qu'il s'enhardissait progressivement entre ses cuisses.

— Toujours…, susurra-t-il avant de soupeser les mots de sa phrase. Attends, tu veux un autre bébé ?

— J'ai toujours voulu une grande fratrie, avoua-t-elle avec un sourire indolent. Quatre enfants me semble parfait.

— *Quatre* enfants ? répéta-t-il en rejetant un peu la tête en arrière pour mieux la percer de ses yeux argentés. C'est beaucoup !

— Tu ne veux pas être le chef d'un nouveau clan écossais ?

Scarlett se rapprocha davantage de lui et fit glisser sa main sur sa hampe de chair, le sentant durcir entre ses doigts, prêt à l'emploi le plus délectable qu'elle connaissait.

— Quatre garçons qui nous ressembleraient et feraient notre fierté…, poursuivit-elle en le caressant de haut en bas, sa bouche recouvrant la sienne pour aspirer son gémissement de délice.

— Non… trois garçons et une fille. Qu'en dis-tu ?

— Une fille ?

— Oui, je veux que nous fassions une rouquine à ton image, mon amour. Aussi belle et tempétueuse que toi.

En même temps qu'il parlait, ses mains glissaient dans la crinière de Scarlett, puis sur ses hanches pour la soulever et l'aider à le chevaucher expressément. La jeune femme l'accueillit sur une plainte heureuse, s'accommoda à lui naturellement, puis glissa son visage dans son cou en soufflant :

— Le hasard en décidera de toute façon. Peut-être que nous aurons des triplets.

Elle ne vit pas sa petite grimace d'appréhension, sans quoi elle se serait esclaffée jusqu'aux larmes.

— Ne dis pas ce genre de choses !

— Effrayant, n'est-ce pas ? le taquina-t-elle sans lever le regard vers lui, l'attention toujours tournée sur ce cou qu'elle butinait.

— Tu pourrais retomber enceinte aussi rapidement après Bruce ?

— Pourquoi pas ? J'aimerais qu'il n'y ait pas trop d'années de différence entre nos enfants.

— Il nous faudrait peut-être une plus grande maison ?

— Non, celle-ci est parfaite.

— Plus on aura de bébés, moins on aura d'intimité, tu le sais ça ?

— Bien sûr qu'on aura toujours de l'intimité...

— D'ailleurs, profitons de l'absence de notre fils pour rattraper tout le temps perdu...

Il accentua son argument d'une vigoureuse pénétration, qui arracha un petit cri de consentement à la jeune femme. Ensuite, il lui soutira un rire sensuel quand il la fit rouler sur le dos, totalement étendue sur le matelas pendant qu'il la surplombait de son corps tiède, sa griffe d'ours tombant vers son visage avec paresse. Elle était captive de l'amour, des sens, du membre, des muscles et du regard de cet homme irrésistible.

— Comme on en est à parler avenir, j'aimerais te confier un projet qui me tient à cœur, continua Keir en s'immobilisant dans ce corps adoré.

Partagée entre amusement et frustration, Scarlett tenta de sonder ses pensées en même temps qu'elle lui caressait la croupe, les cuisses et le dos pour l'inciter à poursuivre ses pénétrations. Mais il n'en fit rien et quand elle tenta de reprendre la relève, elle sentit combien il la bloquait avec ses jambes.

— Tu vois bien qu'on a mieux à faire que parler, mon cœur…, soupira-t-elle ensuite.

— On peut faire les deux.

Il prit son visage à deux mains, plongea ses doigts dans ses cheveux, baisa chaque contour de son visage, tout en évitant stratégiquement sa bouche.

— J'aimerais qu'on se marie selon les traditions écossaises, en Écosse.

— Sérieusement ?

— Oui. Mais avant ça, on va se marier la semaine prochaine à l'église et à la mairie du coin.

— Dans une semaine ? Tu n'es pas du genre à perdre ton temps, plaisanta-t-elle en tournant le visage sur le côté quand il se mit à mordiller son cou pendant qu'il reprenait ses mouvements de hanches sur un rythme langoureux.

— Avec toi, j'ai pratiquement perdu une vie entière… La vie est courte, on ne sait pas ce qu'elle nous réserve. Je veux officialiser notre amour… aux yeux… de Dieu et faire de Bruce un… enfant… légitime.

Un rire qui s'étira en gémissement voluptueux échappa à Scarlett à l'entente d'*enfant légitime*.

— Ce petit est un Dalglish et je veux que tout le monde le sache.

— Comme il vous plaira, monseigneur.

— Ne m'appelle pas comme ça, tu vas m'exciter encore plus ! lui chuchota-t-il à l'oreille.

— Vraiment, monseigneur ?

Du bout de sa langue, Keir dessina des arabesques sur la toile nacrée de sa peau, descendit sur sa gorge et commença à la suçoter avec une sensualité propre à Dracula.

— Je vais contacter en urgence le maire et le prêtre. Si tu veux, on peut le faire dans la chapelle de la caserne militaire…

Elle ferma les yeux, savourant toutes les sensations qui l'assaillaient au bas du ventre, sur sa gorge, ses seins et dans son cœur. Cette fois-ci, le plaisir charnel s'alliait à la félicité émotionnelle. Enfin, la jeune femme vivrait son rêve en épousant l'homme qu'elle aimait et le père de son garçon.

— Comme ça, ce sera efficace et officiel aux yeux de tous les gars qui te connaissent et te reluquent à chaque fois qu'ils te voient, argua-t-il avec une pénétration possessive en guise de ponctuation. La première cérémonie n'a pas besoin d'être trop fastueuse, c'est surtout celle d'Écosse qu'il faudra préparée.

— D'accord…

Des perles de sueur humidifiaient leurs peaux, Scarlett rosissait à l'approche de l'orgasme qu'il tisonnait à coups de boutoir de plus en plus fréquents et lents.

— Il va nous falloir des alliances… Quelque chose de simple pour moi… et un diamant aussi gros… qu'un œuf de pigeon pour la femme de ma vie…

— Je ne veux pas que mon annulaire ait des crampes à chaque fois que je le bougerai ! Et puis, je préfère les émeraudes.

— Tu auras une émeraude alors. On ira chez le bijoutier dans la semaine.

Assommée d'amour et de désir, elle se laissa manipuler avec aisance quand il roula à son tour sur son dos pour la hisser sur son torse, pantelante, à la fois dominante et dominée, mais satisfaite de pouvoir imposer son rythme.

— Je verrai enfin l'Écosse à travers tes yeux…

— En attendant, tu peux déjà sentir la force des Highlands entre tes cuisses…, soupira-t-il quand elle retrouva la fougue de leurs anciennes chevauchées érotiques.

Dépêtrée d'un fardeau invisible, la jeune femme se détendit complètement et laissa sa tête partir en arrière, les paupières fermées sur des larmes d'allégresse.

— Si tu savais combien j'ai espéré ce moment, murmura-t-elle à son tour en ne cassant jamais la cadence de ses déhanchements.

— Dis-moi que tu m'aimes. Au moins plus que tes films à l'eau de rose, tes iris et tes lampadaires.

— Mes *lustres*, rectifia-t-elle en réprimant un rire, les yeux désormais ouverts sur son visage.

— Tu m'aimes plus qu'eux ?

— Autant me demander si le soleil existe.

Les fiancés s'aimèrent ainsi plusieurs fois, jusqu'à l'épuisement. Incapables de sortir de ce lit froissé et embaumé de volupté, ils avaient dormi jusqu'au crépuscule, puis s'étaient forcés à se séparer, à se laver du parfum de l'autre pour enfin rejoindre leur fils chez Hudson et Livia.

Chapitre 25

Charleston, Caroline du Sud, deux jours plus tard

Scarlett voulait avoir la surprise pour sa bague. Aussi, elle avait demandé à Hudson d'accompagner Keir dans ses emplettes pendant qu'elle profitait d'une cure de bien-être dans l'un des hôtels les plus côtés de la ville, en compagnie de Livia et de leurs bambins.

— Elle m'a dit qu'elle voulait une émeraude, lâcha Keir en passant devant les vitrines de la bijouterie, suivi par son ami. Je préfère les diamants, pour ma part.

— Achète-lui une émeraude flanquée de deux diamants, ça réglera le problème. T'as un budget ?

— 4500 $ en incluant l'achat de mon alliance aussi.

— Tu vas pouvoir trouver une belle bague à ce prix-là.

Une bijoutière s'avança dans leur direction et leur proposa ses services afin de dénicher la pièce unique qui ravirait Scarlett. Les deux hommes la suivirent quand elle les orienta vers la vitrine aux émeraudes et commença par exposer quatre bagues de tailles et de styles divers.

— Comment est votre fiancée, monsieur ?

L'œil riveté aux pierres précieuses, Keir répliqua sur un ton espiègle :

— Pétillante et flamboyante. Elle a une âme de feu et j'aimerais une bague qui puisse refléter sa personnalité. Il lui faudrait quelque chose de ni trop gros ni trop petit. Ah, et elle préfère les émeraudes, mais j'aimerais y ajouter des diamants.

— Je vois bien un modèle moderne, comme cette alliance sertie barrette, en or jaune 750, qui alterne un diamant et une émeraude sur la moitié de l'anneau. Nous en avons pour deux carats de pierres dessus. Cette pièce coûte 4025 $.

— C'est un beau modèle. Je le vois bien sur Scarlett, commenta Hudson. Elle te plaît, Dalglish ?

— Oui. J'aime bien cette alternance des deux pierres et leurs tailles. Elle aimera.

— Il vous faudra autre chose, monsieur ?

— Une alliance en or jaune pour moi, s'il vous plaît.

La vendeuse saisit un petit plateau matelassé et récupéra de ses doigts gantés le bijou convoité. L'instant d'après, elle précéda les deux amis vers une autre vitrine où des alliances pour hommes étaient exposées, puis montra à Keir un modèle simple et massif à la fois, parfait pour habiller en toute sobriété son annulaire.

— Si je comprends bien, vous allez bientôt vous marier, se permit la bijoutière en posant la deuxième alliance sur le plateau, avant de les orienter vers la caisse où ses collègues s'affairaient à conseiller d'autres clients.

— Oui, dans quelques jours.

— Je vous transmets tous mes vœux de bonheur, alors.

— Merci.

Penser qu'il serait bientôt l'époux de Scarlett instilla dans son sang une excitation juvénile, qui lui donna l'air plus jeune et accommodant. Pendant que la vendeuse rangeait les anneaux dans deux écrins, lui sortit sa carte bancaire.

— Au fait, Rowe, vous avez déjà parlé de baptême, Livia et toi ? demanda Keir en égarant son regard vers une vitrine où des gourmettes et des médailles d'enfants étaient rangées.

— Les parents de Livia veulent baptiser Luna en Angleterre pour suivre la tradition des Cartmell. Et vous ?

— On a évoqué le sujet, mais pour Bruce, il faut déjà déterminer s'il sera catholique ou protestant.

— Je sais que Scarlett ne verrait pas d'inconvénient à ce que son fils adopte la religion de son père. Et puis, quelle différence aujourd'hui ? On est d'abord chrétiens avant d'être catholique ou protestant.

— Ça vous fera un total de 4485 $, monsieur.

Keir inséra sa carte dans la machine, composa son code, puis la récupéra en même temps que le petit sac où les deux alliances se trouvaient. Il le plia avec délicatesse et put le ranger dans la poche intérieure de sa veste en cuir.

Ensuite, les deux amis saluèrent la bijoutière et se dirigèrent vers la porte de sortie, mais avant de quitter les lieux, Hudson fut irrépressiblement attiré par l'éclat d'un collier de perles noires de Tahiti et se rapprocha de la vitrine où il était gardé.

— Tu veux acheter quelque chose à Livia ?

— Elle n'a pas de perles noires dans sa boîte à bijoux. Mais cette merveille coûte une blinde. Actuellement, j'économise pour lui offrir une voiture. Comme je n'étais pas là quand elle a fêté ses vingt-huit ans, je veux me rattraper.

— Quel modèle ?

— Elle aime les Fiat 500, ça lui rappelle l'Italie... ouais, je sais, c'est minuscule, mais c'est juste pour qu'elle puisse se balader tranquillement avec notre fille quand je serai absent. Ça va bientôt faire deux ans qu'elle habite aux

États-Unis et qu'elle n'a toujours pas de voiture. Elle déteste conduire.

— C'est une Londonienne, Rowe, répliqua Keir comme si cela justifiait tout.

— *C'était* une londonienne, maintenant, elle vit en Caroline du Sud et doit...

Bang!

Un coup de feu déflagra dans la bijouterie en provoquant une nuée de hurlements. Rattrapés par leurs réflexes militaires, Hudson et Keir vrillèrent sur eux-mêmes et virent six hommes déguisés en superhéros Marvel, munis d'AK-47. Il y avait Batman, Spiderman, Superman, Hulk, Wolverine et Daredevil.

Le caractère loufoque de leurs tenues n'amoindrissait en rien la dangerosité de la situation. C'était un braquage à main armée, et lourdement.

— C'est qui ces bouffons ? grogna Keir entre ses dents.

— Fais chier... Faut toujours que ça tombe sur nous...

— Tout le monde à terre avec les mains derrière la tête ! meugla Batman en braquant son fusil d'assaut sur les deux marines, tandis que les autres menaçaient de leurs armes la vingtaine de personnes présentes.

À part les deux amis, il n'y avait que des femmes et des enfants. Contrairement à Hudson, Keir ne s'accroupit pas tout de suite et eut même l'audace de soupirer :

— Ça va, les superhéros, on se calme un peu.

— Tu veux jouer au plus malin ? répliqua nerveusement celui qui les visait de son fusil en se rapprochant d'eux, de sorte que le canon de son arme se retrouva à quelques centimètres de son front.

Accoutumé à ce genre de situation, Keir éperonna son propre sang-froid et soutint le regard de son agresseur.

Il avait des yeux bleu piscine et sadiques derrière son masque aux oreilles de chauve-souris.

Un coup et le capitaine serait mort sur-le-champ.

— Baisse les yeux, somma Batman.

— Je pensais que les superhéros étaient des gentils. Vous allez faire déchanter tous les gosses présents en jouant aux méchants.

— Tu cherches la merde ou quoi ?!

Keir tardait à obéir et Hudson dut le pincer à la cuisse, lui rappelant ainsi que le moment n'était pas adéquat pour jouer au plus viril, surtout pas face à un adversaire supérieur en armes et en nombre.

Et puis merde !

Keir dut écumer sa rage en silence et s'agenouilla au sol, les mains derrière la tête, sans baisser le regard pour autant.

Batman se recula d'un pas, satisfait, puis continua de surveiller le coin de la boutique où ils étaient acculés. Plus loin, Hulk, Superman et Daredevil gardaient un œil sur les autres personnes présentes en même temps que Wolverine et Spiderman cassaient toutes les vitrines et amassaient le maximum de bijoux en un temps limité.

— Sérieux, Dalglish, tu joues à quoi ? Je te signale qu'on a des femmes et des enfants maintenant, lui murmura fortement Hudson, l'air sévère.

— Toi, t'es un putain d'emmerdeur, pas vrai ?

C'était Batman qui s'adressait à Keir sur un ton provocant. Les deux militaires purent deviner son expression mauvaise au rictus qu'il leur darda, mais demeurèrent impassibles.

Survie oblige.

— T'as vraiment sale gueule, le balafré. Où tu t'es fait ça ?

Keir ne pipa mot, s'exhortant à plus de sérénité. Il devait songer à Bruce et Scarlett.

— Tu sais quoi, j'en ai rien à foutre, continua Batman d'un air méprisant. Mais si tu me provoques encore une fois, je me ferais une joie de te laisser une cicatrice bien pire.

Reste calme.

Bruce. Scarlett.

— Dépêche-toi, salope, j'ai pas prévu de camper ici ! vociféra Wolverine à l'adresse de la bijoutière qui avait, quelques minutes plus tôt, servi Keir et Hudson.

Cette dernière était désormais en pleurs, forcée d'ouvrir la réserve de la boutique sous la menace du fusil d'assaut qu'il braquait sur elle.

— Notre... boutique est sous alarme... La police va bien... bientôt arriver, les informa-t-elle entre plusieurs sanglots.

— Si j'entends les sirènes avant d'avoir pris tout ce qu'il y avait dans la réserve, je jure que je t'explose la cervelle ! continua Wolverine, ce qui redoubla les sanglots de l'otage. Merde ! Arrête de chialer !

Soudain, des geignements de peur, des éclats de verre et des vociférations explosèrent plus fortement dans l'atmosphère électrique de la boutique. Il y eut aussi un coup de feu, suivi d'une lamentation insupportable.

La vendeuse avait hurlé en recevant une balle dans l'articulation de son épaule.

Hudson et Keir en transpirèrent de haine, mais durent recycler ce sentiment pour l'utiliser à bon escient. Ils étaient bien trop accoutumés à ce genre d'environnements angoissants où le fil de la vie pouvait se rompre d'un seul coup de ciseaux invisible.

Bien sûr, un fort désir de justice rugissait dans leurs entrailles, mais malgré cela et leurs aptitudes militaires, ils devaient demeurer aussi stoïques et dociles que les autres otages. Ne pas commettre d'impair. Réfléchir en silence, attendre le moment propice pour frapper avec imprévisibilité et vivacité.

Celer, Silens, Mortalis.

Rapide, silencieux et mortel. Tel était le credo des FORECON.

Toujours surveillé par Batman, Keir dut tousser deux fois, d'une manière insoupçonnable, mettant Hudson en alerte. C'était un code entre eux. Quand on toussait une seule fois, cela signifiait qu'on était désarmé. Dans le cas de deux toussotements, on était armé.

Keir eut un petit mouvement de la jambe gauche et Hudson devina la présence de son KA-BAR au mollet. Lui aussi l'avait, mais avec les mains brandies en l'air, il était difficile de l'atteindre. Il ne leur faudrait qu'un moment d'inattention pour s'en munir et appliquer leur plan d'urgence.

Les minutes s'égrenèrent avec une lenteur suffocante et quand une sirène de police criailla au loin, le groupe de braqueurs crut bon de s'enfuir. Wolverine et Spiderman avaient des sacs remplis de joyaux sur leurs dos, tandis que les quatre autres surveillaient leurs arrières sans jamais cesser de braquer leurs fusils sur les otages.

— Batman ! Magne-toi ! hurla Hulk.

L'interpellé marcha à reculons, le regard cimenté à celui de Keir. L'inimitié entre les deux hommes ne faisait qu'enfler à mesure que la distance les éloignait.

Batman allait sortir de la boutique quand ses mauvais instincts le rattrapèrent et l'amenèrent à se retourner de nouveau vers Keir pour le viser de son AK-47. Il allait lui tirer dessus, rien que pour punir son outrecuidance. Rien que pour le plaisir de tuer.

Mais il avait choisi la mauvaise cible.

Les yeux exorbités, Batman découvrit son rival debout, un couteau dans la main. Il n'eut même pas le temps de réagir qu'une larme effilée se plantait déjà dans son bras en lui arrachant une vocifération de douleur. Le choc le fit culbuter en arrière et le capitaine fut sur lui en moins de trois secondes pour lui assener un coup de tête magistral et le dépouiller de son fusil d'assaut.

— Il ne fallait pas anéantir mes rêves de gosse. Batman a toujours été mon préféré, lâcha Keir en se redressant promptement, laissant à sa suite un adversaire évanoui, prêt à être cueilli par des agents de police.

De son côté, Hudson s'occupa de rassurer les témoins et de prendre soin de la blessée quand son ami sortit de la bijouterie.

— Je vais les pister ! hurla Keir en sortant de la bijouterie sans entendre la réponse dissuasive de son ami.

De son emplacement, le capitaine vit les braqueurs se précipiter dans une fourgonnette noire, garée à l'autre bout du trottoir. Hulk comprit la malchance de Batman et repéra Keir dans le paysage. Apeuré, il releva aussitôt son arme et tira dans sa direction pour le désarçonner, sans le toucher.

— Mettez-vous à l'abri ! rugit Keir à l'adresse des quelques passants égarés dans les rues, ses réflexes le poussant à se réfugier derrière un gros 4x4 à proximité.

Depuis sa planque, il répliqua de tirs précis, touchant son agresseur à la cuisse pendant qu'il continuait de courir vers le véhicule de ses complices. Dans un cri de douleur, Hulk s'étala sur l'asphalte de la route en trébuchant sur le côté, manquant de créer un carambolage entre deux voitures qui circulaient par-là. Il vociféra quelque chose en direction de ses compères, mais dénués de solidarité ou tout simplement apeurés à l'idée de se faire prendre à cause d'un blessé, ils ne rebroussèrent pas chemin pour l'aider et démarrèrent sur des chapeaux de roues.

Keir pesta en sortant de son abri improvisé et se mit à courir derrière la fourgonnette pour lui tirer dessus, visant les roues à coups de tirs redoublés et tonitruants.

— Dégagez ! répéta-t-il à tous les témoins.

Ces derniers coururent se réfugier à l'intérieur des boutiques ou derrière des voitures en braillant de panique, écoutant avec effroi le crissement de roues sinistre contre le bitume.

Keir avait atteint son objectif.

Au loin, il vit la fourgonnette foncer sur un palmier planté en bordure de trottoir, tout en se heurtant à la voiture de police qui roulait follement en sens inverse, juste en face de Grace Church Cathedral. De la fumée sortit des capots respectifs et il fallut quelques secondes pour que les braqueurs, autant que les policiers, se ressaisissent de leur accrochage.

Brusquement, la portière de la fourgonnette coulissa en laissant apparaître Daredevil, Wolverine et Spiderman, Superman étant peut-être inconscient à l'intérieur du véhicule, et Keir d'ordonner d'une voix de stentor :

— Tous à couvert !

Les braqueurs sortirent avec leur butin en mitraillant tout ce qui pouvait encombrer leur chemin, semant à leur suite des balles perdues qui provoqueraient son lot de drames si personne ne se cachait. Heureusement que les passants n'étaient pas visibles.

Keir échappa de justesse à une munition qui vint le frôler au bras pour se loger dans le mur en briques d'un immeuble où il s'était adossé.

— Bande d'enfoirés ! pesta-t-il en commençant par les pister dans les rues, avec une énergie qui manqua semer les trois agents de police qu'il traînait à ses propres talons.

— Arrêtez-vous ! entendait-il dans son dos.

Mais Keir fit mine de ne pas les entendre.

Au bout de quelques mètres, les policiers sautèrent sur lui en le faisant rouler à terre et le maîtrisèrent de leurs corps quand il voulut se dégager de leur emprise.

— Lâchez votre arme et restez tranquille ! hurla l'un des officiers en maintenant sa tête face contre terre, alors que son collègue lui glissait déjà les menottes aux poignets.

Merde !

— Je suis de votre côté... J'ai rien à faire avec eux ! se défendit-il farouchement.

— Mais qu'est-ce qu'il vous prend de les pister comme ça ? Vous êtes malade ou quoi ?

— Je suis capitaine de la Force Reconnaissance des U.S. marines, je sais ce que je fais ! Libérez-moi ou on va finir par perdre leurs traces !

— Une autre équipe s'occupe de les suivre. Où sont vos papiers d'identité militaire ?

— Portefeuilles. Poche droite de mon jean, maugréa Keir, fatigué d'être solidement maintenu au sol comme le pire des délinquants.

Un officier se chargea de fouiller dans son portefeuille et découvrit sa carte d'identité de la U.S.M.C.

— Capitaine Dalglish, c'est ça ?

— Bravo, vous savez lire.

— Pourquoi vous voulez jouer au héros ?

— Je ne joue pas au héros, je fais mon job.

— C'est *notre* job de poursuivre les braqueurs, pas le vôtre.

— Au lieu de me maintenir ventre contre terre et de me faire la morale, vous devriez déjà être en train de les courser, mon vieux !

Aussitôt, une voix vibra dans le talkie-walkie de l'un des officiers.

— Lieutenant Rodriguez, les trois fuyards sont rentrés dans *Wentworth Mansion*.

Keir perdit toutes ses couleurs.

Scarlett, Livia et leurs bébés se trouvaient justement dans cet hôtel.

— Libérez-moi tout de suite !

Chapitre 26

Wentworth Mansion

— Alors, hâte de te marier ?

Scarlett et Livia se reposaient dans le salon du luxueux établissement historique où elles avaient eu le privilège de se relaxer au spa, entre les mains délicates de masseuses expérimentées. Désormais, assises dans des fauteuils matelassés, leurs bébés contre leurs poitrines, elles prenaient le *tea time* en attendant l'arrivée de leurs hommes.

— Oui. Je crois que je n'ai jamais été aussi impatiente.

— Moi aussi, je suis pressée d'y être, surtout pour la cérémonie dans les Highlands... Dommage que ce ne soit qu'en septembre !

— Où je peux dénicher une belle robe de mariée en l'espace de trois jours ?

— On va y arriver, crois-moi. Pour la première cérémonie, choisis un modèle simple. Une robe éthérée, cintrée à la poitrine et un peu plus évasée au niveau des hanches et des cuisses. Une toilette dans le style empire, blanc cassé ou champagne, avec un petit voile. C'est facile à trouver dans le coin.

— Oui, tu as raison. J'aurais le loisir de porter une robe plus fantaisiste pour le mariage écossais.

— Tu te rends compte ? Tu auras le droit à deux mariages en trois mois de distance, dans deux espaces géographiques différents. Si ce n'est pas beau ça !

— Oui, j'ai de la chance. Bon, ça ne sera pas aussi raffiné et opulent que le tien, mais j'aurai enfin l'occasion de visiter l'Écosse.

— Tu verras, ce sera féerique.

— Tu acceptes d'être mon témoin ? Logiquement, Keir va demander à Hudson d'être le sien.

— Rien ne me ferait plus plaisir.

Bruce s'égosilla de joie aux chatouilles que lui fit sa mère sur le ventre, puis s'agrippa fermement à ses cheveux quand elle le souleva jusqu'à son visage, rien que pour lui faire un câlin.

— Quelle poigne ! Tu vas finir par me rendre chauve, s'amusa Scarlett en l'embrassant à la bouche, ce qui lui fit fermer les paupières de douceur.

Luna s'agita un peu contre la poitrine de Livia et cette dernière la repositionna dans ses bras pour mieux la bercer et la regarder. Sa fille avait les yeux ouverts et l'épiait à la manière dont Hudson le faisait parfois quand il la contemplait à son réveil.

— Je trouve qu'elle ressemble de plus en plus à son père, observa Livia avec fierté.

— Luna est une merveille.

— Bruce est irrésistible.

Scarlett confirma d'un sourire, puis avoua :

— J'ai dit à Keir que je voulais d'autres bébés.

— Et qu'est-ce qu'il en pense ?

— Il a l'air d'accord. J'aimerais en avoir un deuxième l'année prochaine.

— Tu es courageuse, mon chaton. Moi, je frémis au souvenir de mon accouchement.

Contrairement à Scarlett, Livia avait dû subir une césarienne à cause des difficultés que rencontrait Luna à sortir, d'autant plus que son cordon ombilical s'était enroulé autour de son cou en menaçant de l'asphyxier. En finalité et à la suite de quelques frayeurs, sa naissance avait eu lieu un jour après son terme.

— Tu ne veux pas d'un autre enfant ?

— Nous n'avons pas encore évoqué le sujet avec Hudson, mais je crois que nous allons attendre trois ou quatre ans avant d'en faire un autre. Luna lui suffit amplement pour l'instant, déjà qu'il lui consacre toute son énergie… un deuxième enfant l'achèverait.

Livia conclut sa phrase d'un rire cristallin, mais son amusement fut troublé par la détonation d'un coup de feu, qui gronda à proximité avec la violence du tonnerre.

Les jeunes femmes blêmirent et se levèrent de leurs fauteuils, un peu hébétées. Elles étaient seules dans la salle de séjour et entendirent des cris de terreur depuis la réception de l'hôtel.

— Scarlett, tu crois que c'était une…

Livia n'eut même pas le temps d'achever sa question que trois types pénétraient dans la pièce, armes aux poings et accoutrés à la manière des superhéros Marvel. Daredevil, Wolverine et Spiderman venaient d'introduire les lieux, mais si à l'écran ou dans les bandes dessinées ces hommes imaginaires étaient disposés à sauver la vie des gens, ils s'imposaient désormais comme des bourreaux.

Les deux cousines n'en crurent pas leurs yeux. Cela tenait de la farce.

Ils pointaient du canon de leurs fusils d'assaut trois employés et quatre autres clients de l'hôtel, qu'ils poussèrent vers le centre du salon, là où se tenaient déjà les jeunes femmes et leurs poupons.

— Que personne ne bouge ou on n'hésitera pas à vous descendre ! hurla Wolverine.

La peur gagna tout le monde, spécifiquement Bruce et Luna, qui se mirent à geindre en chœur.

Oh non.

Daredevil tourna son AK-47 sur Scarlett et Livia. D'abord engourdies par l'effroi, les deux cousines s'obligèrent à plus de maîtrise et tentèrent de calmer la nervosité de leurs enfants, non sans trembloter elles-mêmes.

— Putain, faites-les taire !

Inspirée par un espoir minime, Scarlett lança d'un air imperturbable :

— Où est la caméra cachée ?

Des émissions de télé s'affairaient à créer des situations abracadabrantes pour piéger les gens et filmer leurs réactions, supposées distraire les téléspectateurs au moment de leur retransmission.

Peut-être qu'un farceur sadique s'était amusé à les piéger.

— Quoi ? répéta Daredevil, interloqué.

— C'est un canular, pas vrai ? On vous a engagés pour filmer nos réactions ? Ça ne peut qu'être le cas avec des déguisements pareils...

Le sarcasme était la seule arme qu'avait trouvée Scarlett.

Estomaquée, Livia décocha un regard préoccupé à sa cousine, très peu convaincue par l'hypothèse d'une plaisanterie, puis tenta de l'approcher pour la forcer à se taire.

Wolverine sembla voir rouge, se tourna vers l'infirmière et la gourmanda :

— C'est pas un putain de canular ! Maintenant, tu fermes ta gueule et tu fais taire ces deux gosses !

Scarlett blêmit violemment. Cette fois-ci, son esprit accusa la réalité du danger. Ils n'étaient pas en train de passer sur la chaîne d'une émission grand public, mais vivaient bel et bien un cauchemar éveillé.

Satané destin !

— Je vous en prie, messieurs, ce ne sont que des bébés…, geignit Livia, le visage mouillé par des larmes incoercibles.

— Asseyez-vous tous sur le tapis, ici !

Sans désemparer, les otages se hâtèrent d'exécuter les ordres de Wolverine. Les jeunes mères s'y prosternèrent en chantonnant des berceuses afin de lénifier l'humeur de leurs bambins, en vain.

— Fais chier, Wolverine ! Les flics sont en train de carreler tout le secteur ! tempêta Spiderman en regardant le parc de l'établissement à travers les stores d'une fenêtre.

— Le SWAT n'est pas encore arrivé. On peut s'échapper par le haut.

— Où est la sortie de secours ? aboya Daredevil à l'adresse d'un employé.

— À l'arr… l'arrière.

— C'est impossible, les mecs ! Les poulets sont déjà là.

Scarlett et Livia murmuraient toujours leurs berceuses, tentant de se calmer elles-mêmes de cette façon en serrant leurs bébés comme des fillettes leurs poupées. Savoir que les policiers encerclaient l'établissement les soulageait un peu.

Bientôt, elles cessèrent de trembloter, retrouvant un peu leur confiance, et les bambins s'arrêtèrent de pleurer en retour, comme rassurés par la sérénité factice que leur communiquaient leurs mères.

— Mon Dieu, Scarlett... J'ai envie de voir Hudson..., sanglota Livia dans un chuchotis. Tu... tu crois qu'il est au courant de notre... situation ?

— Je ne sais pas, Livia. Calme-toi et respire. Tout va bien se passer. On est ensemble.

Scarlett aurait voulu croire en ses propres paroles. Si Bruce était désormais assoupi contre son sein, elle ne quittait pas d'un œil leurs trois geôliers. Ces derniers arpentaient tous les recoins de la salle. Vint le moment où ils jurèrent de dépit quand ils constatèrent ensemble que toutes les issues étaient bloquées.

— Je savais qu'il fallait pas entrer ici. Une vraie souricière ! À cause de l'autre connard de la bijouterie, on a été ralentis et les flics ont pris une longueur d'avance sur nous. On est cuits, Wolverine.

— Ta gueule !

De façon inopinée, une voix grésilla dans un mégaphone depuis l'extérieur de l'hôtel :

— Vous êtes pris ! Abandonnez la partie et rendez-vous !

— Ils nous prennent pour des amateurs ou quoi ?

— Wolverine, tu devrais envoyer un employé leur dire qu'on tient des gens et même des enfants en otages, et que s'ils merdent en nous empêchant de sortir, on les butera tous un par un.

La minute suivante, un homme se précipita hors de l'établissement, les mains en l'air et le visage décomposé. Il se précipita vers le mur de policiers, dessiné en demi-cercle devant l'entrée.

— Ils ont des otages avec eux, dont des... bébés... si vous ne les laissez pas... p... partir dans cinq minutes, ils... ils s'amuseront à exécuter un otage par minute, jusqu'à... ce que vous... cédiez ! bégaya le messager.

Greffés au groupe de policiers et aussi nerveux que des chiens de combat, Keir et Hudson accusèrent l'information.

— Lieutenant Rodriguez, nos femmes et nos bébés sont retenus dans cet hôtel. Le SWAT ne va pas arriver avant quelques minutes. Laissez-nous intervenir ! ordonna Keir sur des charbons ardents.

— Hors de question que vous vous mêliez à tout ça ! Laissez-nous faire notre job.

— Sauf votre respect, on est des professionnels de la libération d'otages et rodés à des situations plus complexes que celle où ces trois fils de putes nous mettent...

Mais Keir cessa de parler quand les portes d'entrée de l'hôtel s'ouvrirent sur Scarlett, Bruce, Livia et Luna. Pâles de crainte et vulnérables, elles renvoyaient le tableau sinistre de prisonnières de guerre, susceptibles d'être sacrifiées en place publique pour assurer la liberté à trois salopards. Spiderman et Daredevil braquaient leurs fusils d'assaut sur les jeunes femmes en se cachant derrière elles, assurés qu'elles leur serviraient de sentinelle.

Si le spectacle de leurs compagnes et bébés en otages manqua de les déchaîner telles les créatures chtoniennes des différentes mythologies, les deux marines ravalèrent leur rage et leur peur d'époux et de pères au profit d'un sang-froid exemplaire, digne des militaires d'élite qu'ils étaient. La haine, ils devaient la muer en adrénaline et réflexion stratégique pour libérer au plus vite leurs familles.

— Ne tirez pas ! ordonna le lieutenant Rodriguez, tétanisé à la vue des otages.

— On ne plaisante pas quand on dit qu'on va buter des otages si vous ne vous pliez pas à nos ordres ! croassa Daredevil.

Se voulant dignes et calmes, Livia et Scarlett tentaient de faire abstraction de la nervosité ambiante qui les étouffait, jusqu'à rencontrer, parmi le cordon de policiers, les regards étincelants de leurs hommes.

Livia voulut hurler, mais Hudson lui commanda de se taire d'un seul mouvement de la main, tandis que Keir assurait à Scarlett, rien que par ses yeux, qu'il allait bientôt les sortir de ce péril.

Il en allait de sa propre vie.

— Prenez la bonne décision ou je commence par buter la rouquine !

L'instant d'après, les otages et leurs bourreaux disparaissaient de nouveau à l'intérieur de la demeure historique.

D'un coup d'œil complice, les deux marines se précipitèrent vers deux policiers en les désarçonnant de coups de poing, avant de leur subtiliser leurs pistolets, qu'ils braquèrent d'un même mouvement à leurs tempes en les maintenant prisonniers contre leurs torses.

Les autres policiers les scrutèrent avec ébahissement et pointèrent instinctivement leurs armes sur les deux amis.

— Mais qu'est-ce que vous foutez ? s'enhardit le lieutenant Rodriguez.

— Lieutenant, les femmes et les enfants qu'ils viennent de nous montrer sont les nôtres, expliqua Keir d'une voix rocailleuse. Vous avez intérêt à nous laisser intervenir en nous donnant des équipements ou alors, vous répondrez des blessures de ces deux-là.

— Vous risquez des ennuis pour avoir agressé des policiers, crut bon de murmurer l'agent que tenait Hudson, ce qui lui valut en retour un coup de genou dans le dos. Aïe !

Face à la détermination des marines et compatissant, le lieutenant Rodriguez finit par céder à leur requête et lança à ses subordonnés :

— Donnez-leur des armes et des gilets pare-balles.

Devant l'urgence de la situation, Keir et Hudson s'armèrent avec une efficacité que les policiers admirèrent, puis se faufilèrent en mode dissimilation jusqu'au flanc gauche de la demeure en briques rouges, qu'ils se mirent à escalader avec l'agilité et la discrétion de deux lézards. S'ils ne pouvaient se fondre physiquement dans la pierre, au moins avaient-ils le mérite d'être aussi insoupçonnables que les bruissements des feuilles dans le vent.

— Mon Dieu... faites qu'ils réussissent..., pria le lieutenant Rodriguez depuis le sol.

— S'ils sont dans la FORECON, ils ne feront qu'une bouchée de ces trois types, répliqua un officier.

Une poignée de secondes plus tard, Keir et Hudson pénétraient dans l'hôtel à travers l'une des fenêtres du troisième étage.

— Keir et Hudson vont arriver... je le sens, murmura Scarlett contre le cou de Bruce, se voulant aussi discrète que possible aux yeux des trois superhéros de pacotille.

Livia l'enveloppa d'un regard plein d'espoir et étreignit davantage sa fille dans ses bras, pareille à une enfant cherchant du réconfort auprès de sa peluche.

— Mon bébé... si petite et déjà confrontée à des évènements pareils... et Bruce... pourquoi faut-il que nous vivions ça ?

— Chuuuut, Livia... ils arrivent...

— Putain, s'il n'y avait pas eu l'autre bâtard pour nous tirer dessus, on serait déjà loin... ! On n'a vraiment pas eu de chance..., soupira Spiderman, positionné près d'une bibliothèque.

— Quand le SWAT va arriver, on sera dans la merde, Wolverine. Ça sert à quoi de garder tous ces otages alors qu'on est déjà pris ?

— Tu veux pas la fermer ? l'agressa l'autre. On va y arriver, je vous le garantis. Juste un peu de patience. D'ici une minute, la police va nous recontacter. Elle ne va jamais laisser des innocents crever et on pourra se tirer.

Soudain, un bruitage impromptu bondit contre les murs de la salle de séjour et alerta toutes les personnes présentes. C'était aigu, mélodieux, pareil au chant des criquets.

— C'est quoi ce bruit ? s'énerva Wolverine.

— C'est un criquet, se permit d'observer Scarlett, un sourire énigmatique à la commissure des lèvres.

— Pourquoi tu souris comme ça ? J'aime pas ces bestioles !

Le chant du criquet s'étendit sur de longues secondes avant de cesser. Bientôt, ce furent des pépiements d'oiseau qui animèrent les lieux.

— Il y a un oiseau par ici ? s'enquit Spiderman en direction d'un employé, qui acquiesça en retour.

Les pépiements d'oiseau s'emballèrent, alternèrent de tonalité, comme s'il y en avait plusieurs, et Scarlett décocha un regard entendu à Livia. Elle ne connaissait qu'une seule personne pour imiter les bruitages d'animaux à la perfection : Keir. Des compétences qui lui permettaient de mieux se camoufler ou bien d'attirer l'attention lors de ses missions.

— Il y a un nid dans l'hôtel ou quoi ? s'impatienta Wolverine en s'écartant du centre de la pièce pour s'éloigner en direction du couloir menant à une autre salle, là où provenaient les bruits.

L'instant d'après, le type disparut dans la pièce et un petit silence s'imposa.

— Ils sont là…, murmura Scarlett à l'adresse de Livia, tout en caressant le dos de Bruce. Ils vont nous sauver, je te le jure.

— Comment tu sais ?

— Seul Keir peut imiter des animaux comme ça…

— Qu'est-ce que vous vous racontez, les nanas ? demanda Daredevil en pointant son canon sur elles.

— Vous êtes obligés de pointer votre arme sur nous ? La seule chose avec laquelle je peux vous fracasser la gueule, c'est un biberon, alors la situation est totalement déloyale.

— T'es du genre à mordre, toi, répliqua-t-il en frôlant les cheveux de Scarlett du bout de son canon. T'as déjà pris un coup de crosse en plein visage ? Ça pourrait te faire du bien…

Il y eut d'autres pépiements d'oiseau.

— Hé, les gars, venez par ici ! somma la grosse voix de Wolverine.

Spiderman et Daredevil se distancèrent lentement des otages, sans jamais les quitter d'un œil acéré, quand une balle de tennis se mit à ricocher sur le plafond en détournant leur attention. D'un même mouvement, ils pointèrent leurs fusils d'assaut vers le haut et ce fut le moment idéal pour Hudson et Keir d'apparaître face et derrière eux, armes de poing brandies dans leur direction.

D'un même mouvement, les marines tirèrent sur les bras des deux types, qui en lâchèrent leurs armes sur le parquet avec des hurlements de suppliciés. La violence des deux coups de feu perturba l'assistance, particulièrement les bambins, sortis de leur torpeur en larmoyant de panique pendant que leurs mères se réfugiaient derrière les fauteuils.

— Je t'ai dit qu'ils allaient nous sauver ! s'exclama Scarlett en resserrant son étreinte sur son fils. Ça va, mon bébé, ton père et ton oncle sont là pour nous tirer d'affaire. Chuuut…

De leurs cachettes, les otages purent admirer la manière dont leurs deux sauveurs immobilisèrent en quelques prises d'arts martiaux leurs adversaires. Bientôt, ces derniers tombèrent au sol, liés l'un à l'autre par les menottes qu'avait empruntées Hudson aux policiers. Keir traîna également à sa suite un Wolverine menotté, qu'il avait piégé par son subterfuge et désarmé dans un silence insoupçonnable, avant de le forcer à attirer ses compères dans son guet-apens.

— Keir ! Hudson !

Scarlett et Livia se redressèrent d'un bond, à l'instant où les policiers investissaient les lieux dans un vacarme assourdissant pour prendre la relève et embarquer les bandits. Elles se concentrèrent à peine sur cette scène d'arrêt, bien trop occupées à rejoindre leurs compagnons pour se perdre dans leurs bras. Hormis les braqueurs, personne ne semblait blessé, mais tous grelottaient à la pensée que les choses auraient pu dégénérer.

— Mes amours ! souffla Hudson en étreignant Livia et leur fille dans ses bras. J'ai cru qu'on allait devenir fous à l'extérieur ! Ces types ont d'abord cambriolé la bijouterie où on était avant de venir se réfugier par ici...

— Oh, Hudson, je crois que je n'ai jamais eu aussi peur de toute ma vie... surtout pour Luna... et Bruce...

Juste à côté, Keir enlaça Scarlett à l'en étouffer, lui imposant l'odeur de cordite qui lui collait à la peau, puis la relâcha pour soulever son fils dans ses bras et arrêter ses sanglots.

— Mon petit, mon trésor, papa est là... chut... c'est fini...

— Keir...

Ce dernier reporta son regard en direction de Scarlett et la pointa d'un index sévère.

— Si jamais tu es une fois de plus prise en otage, fais-moi le plaisir de la fermer, Scarlett ! lâcha-t-il d'un air abrupt, mais cette réaction n'était motivée que par la panique qui sciait encore son ventre. Une seule insolence peut encourager une personne à en tuer une autre ! J'ai cru devenir malade quand j'ai vu l'autre fumier pointer son canon sur ta tête. Tu as pensé à Bruce ? Tu as pensé à moi si jamais il t'avait tiré dessus ?

La panique et la colère rendaient son visage extrêmement dur.

— Ne sois pas agressif avec moi, Keir. Je ne recommencerai plus.

— Tu es gonflé de lui faire ce reproche alors que tu es le premier à tenir tête à quelqu'un, intervint Hudson.

— Moi, ce n'est pas la même chose. Je connais le système, mais pas elle ! Je te jure, j'ai envie de lui couper la langue parfois.

Un poil boudeuse, Scarlett voulut reprendre leur fils et s'éloigner en direction de la sortie, comme le leur commandait un groupe de policiers, toutefois, Keir la rattrapa à la taille et la plaqua contre lui, si proche qu'il n'eut qu'à la soulever légèrement et courber la nuque pour posséder sa bouche dans un baiser intense, emprunté à un vieux cliché de film hollywoodien.

— Tu parles trop, mon amour, mais je ne peux pas m'empêcher de t'aimer comme tu es, marmonna-t-il contre sa bouche.

Chapitre 27

Eilean Donan, Highlands, trois mois plus tard,
2 septembre 2009

Les yeux bandés par un foulard de soie, Scarlett suivait à l'aveugle Hudson et John sur le chemin escarpé où ils l'entraînaient. Ne négligeant aucun détail pour réserver une surprise totale à son épouse, Keir souhaitait qu'elle découvre le lieu de leur mariage à la dernière minute, sous un ciel d'encre où la pleine lune resplendirait de tous ses éclats.

— S'il vous plaît, les gars, dites-moi que vous ne m'emmenez pas dans un château hanté, supplia-t-elle en se raccrochant fermement à leurs bras.

Hudson et John ricanèrent à l'unisson.

— Je connais Keir, je sais qu'il est capable de tout.

— Disons que tu seras sa princesse écossaise ce soir, répliqua Hudson avec une caresse réconfortante sur le dos de sa main.

Malgré la saison estivale, une brise nocturne soufflait sur eux et gonflait la cape de velours noir, très raffinée, qui recouvrait Scarlett par-dessus sa robe de mariée. Succombant aux fantasmes de Keir et à sa propre fantaisie, la jeune femme avait revêtu une robe d'inspiration médiévale, confectionnée sur mesure dans du velours vert feuille et des voiles aériens en soie jade pour les manches volantes. Des motifs celtiques, brodés de fil d'or, pavoisaient la traîne et le col de la toilette, alors qu'une ceinture dorée venait cintrer sa taille.

— Tu ressembles à la Dame du Lac dans cette robe, rouquine. Tu es magnifique, la complimenta Hudson, sincèrement ému. Ça me fait tout drôle de t'emmener à ton époux alors qu'il n'y a pas si longtemps, je te tenais bébé dans mes bras.

— Tu exagères, ça fait déjà vingt-quatre ans !

— Le plus incroyable, c'est de voir que tu as réussi à faire de Keir un homme respectable et rangé. Qui l'aurait cru ?

— J'ai toujours su que Scarlett en avait les capacités, poursuivit John en réagençant la capuche de la cape sur la tête de la jeune femme.

Avec sa toison aux coloris de l'automne, digne d'une parure picturale, les coiffures les plus stylisées et historiques pouvaient être réalisées. Pour l'occasion, Livia l'avait coiffée à la mode d'une impératrice romaine, une partie des boucles à moitié relevées, une partie libre dans son dos, laissant deux ou trois petits accroche-cœurs encadrer son visage. Quant à la mise en beauté, Scarlett ne portait qu'un peu de maquillage aux yeux et un rouge à lèvres aux tons doux.

Sous ses souliers, le sol était inégal. Après une longue traversée en voiture, passée à s'imaginer le lieu de réception dans le noir, cela faisait bien plusieurs minutes que Scarlett les suivait en pensant ne jamais atteindre le bout de leur itinéraire.

— C'est encore loin ?

— Patience, on y est presque.

— Tout le monde porte des kilts ?

— Tradition oblige. John a pas mal rechigné. Tu comprends, il n'aime pas avoir les... ses bijoux de famille à l'air.

Scarlett éclata de rire en pressant plus fermement la poigne du concerné.

— Mon pauvre, Keir tient à ce que vous respectiez jusque dans les détails ses coutumes.

Bientôt, le sol se fit plus régulier et des exclamations mal contenues bruissèrent autour de Scarlett. Un frisson coula sur son échine en même temps qu'une chaleur nouvelle venait l'emmitoufler. Il semblait que du feu crépitait à proximité de leur emplacement.

— On est arrivés, lui souffla Hudson en déficelant le nœud de son foulard.

La première chose qui stupéfia Scarlett fut la présence d'un château fort, moyenâgeux, immense et imposant. Aménagé sur la petite île d'Eilean Donan et relié à la Grande-Bretagne par un pont en pierre jeté sur les eaux du Loch Duich, l'édifice resplendissait de lumières dans l'obscurité d'une nuit étoilée. Le lac qui le bordait s'étendait à perte de vue et guidait le regard sur les cimes de monts gigantesques, surplombés par une lune ronde qui veillait telle une déesse sur la petite assemblée d'invités.

Le paysage prêtait à la réflexion romantique.

En proie à un vertige, Scarlett dut se raccrocher à ses deux remparts. Un sortilège était en train d'opérer en elle.

— Bienvenue dans notre conte de fées, mo gràdh.

Keir, son magicien aux yeux argentés, vint se matérialiser devant elle pour la saluer d'une révérence, à la pointe de la virilité écossaise dans son costume traditionnel. Il portait un beau kilt coupé dans un tartan à rayures et à dominante gris foncé, une petite sacoche en cuir et en fourrure à la ceinture, appelée *sporran*, une courte veste noire par-dessus un gilet de la même teinte et une chemise blanche, accessoirisée d'un nœud de papillon noir. Des chaussettes sombres, montantes jusqu'aux genoux et cousues d'un ruban aux symboles du tartan, étaient glissées dans les fameuses *ghillies*. Plusieurs boutons d'argent rehaussaient sa veste, mais ce qui épaississait sa carrure en lui déférant un air royal était le plaid épinglé à son épaule gauche par une fibule précieuse, coupé dans le même tartan que le kilt et coulissant dans son dos à la manière d'une petite toge grecque.

Scarlett aurait aimé qu'on lui apporte des sels.

Keir était l'apparition de ses rêves.

— Scarlett ? l'appela-t-il en faisant glisser sa capuche vers l'arrière.

Il découvrit ainsi la beauté de sa coiffure. Des épingles retenaient artistiquement ses boucles rousses par des entrelacs gracieux, elles-mêmes mêlées au fil ténu d'un bijou de tête en plaqué or, pavoisé d'une perle blanche pour embellir le front de la mariée avec un charme retentissant. Deux autres perles aux oreilles complétaient cette parure nacrée.

— Je sens que je vais m'évanouir…

— T'inquiète pas, j'ai aussi l'impression d'être une pucelle victorienne engoncée dans son corset quand je te vois. Tu es… céleste.

Scarlett accepta la main qu'il lui présenta et décocha un regard circulaire aux lieux quand il la guida au bout d'un chemin de flambeaux extérieurs, au son d'une cornemuse. C'était l'un des deux cousins de Keir qui jouait. Lui-même en tenue traditionnelle, il était entouré par les autres invités, au total quinze personnes. Se trouvaient les trois frères d'armes de Keir, ses cousins, ses quatre partenaires des Highland Games, Livia, Joan, le général Arlington, Mimi et les deux bambins stars de la soirée.

Bruce comme Luna s'agitaient d'excitation dans les bras de Livia et du général Arlington, notamment le petit garçon, vêtu à l'occasion d'une grenouillère blanche, par-dessus laquelle son père avait glissé un kilt miniature. D'ailleurs, cet habit était mis à l'honneur par tous les hommes présents, même par le général, d'ordinaire farouchement attaché à son uniforme blanc de la U.S.M.C.

— Tu as mis un kilt à notre fils ? s'amusa Scarlett.

— On se ressemble comme deux épis de blé comme ça.

Le général se rapprocha du couple, leur fils dans les bras, et ne tarit pas de compliments pour la jeune mariée.

— Si j'avais quarante ans de moins, chérie, je t'aurais demandée en mariage tout de suite, plaisanta ce dernier en lui tendant Bruce.

— J'aurais eu du souci à me faire, renchérit Keir.

— Je crois que je vous aurais épousé, Graig.

En parlant, Scarlett prit son bébé dans ses bras, picora son visage de baisers avant de le redonner au général pour rejoindre avec Keir l'emplacement où les attendait désormais Lex, désigné par ses amis afin d'officier la cérémonie du *handfasting*, une tradition ancestrale venue des Celtes, que la jeune mariée avait toujours admirée dans le film Braveheart.

— Pour ce moment solennel, j'aimerais qu'on se rassemble tous en cercle autour de nos deux mariés, dit Lex à la fin du morceau de cornemuse.

Les invités s'exécutèrent pendant que Lex sortait de son sporran treize rubans de couleurs différentes.

— Keir, Scarlett, mettez-vous face à face et tenez-vous les mains.

L'émotion à fleur de peau, ils obéirent en se noyant dans les yeux l'un de l'autre, projetés ensemble dans une bulle de romantisme que nul ne pouvait percer.

Lex saisit le ruban rouge et commença à le rouler autour de leurs mains soudées en demandant :

— Promettez-vous de vous aimer toujours avec la passion, la constance et la force qui caractérisent votre union ?

— Oui, répondirent-ils d'une même voix.

Puis, il y eut les rubans orange, jaune, vert, bleu, violet, noir, blanc, gris, rose, marron, argenté et doré. Autant de vertus comme le dévouement, la bonté, la fidélité, la piété, la confiance, la solidarité, la clémence, la longévité, l'honnêteté et l'esprit pacifique y étaient représentées.

— L'esprit pacifique ? Tu y crois pour nous ? chuchota Keir à l'adresse de son épouse.

— Quelques étincelles ne font pas de mal. On risquerait d'être terriblement ennuyeux sinon.

Une fois leurs poignes scellées des treize liens multicolores, Lex les invita à s'embrasser sous des vivats de félicité.

— Dalglish, toi qui avais peur des attaches, te voilà lié à une délicieuse femme par treize liens, dit John, goguenard.

— Aux couleurs de la Gay Pride qui plus est, souligna Lex.

Accompagné d'un regard narquois, Keir lui retourna :

— Tu deviens drôle, le cartomancien.

— Je l'ai toujours été.

— On ouvre les paris sur le prochain mariage ?

— Je parie sur John, lança Hudson avec un coup de coude espiègle dans les côtes du concerné.

— Pourquoi moi ? Lex fréquente une femme actuellement. C'est peut-être lui.

— Oh non, mec. Je serai le dernier, si ce n'est l'éternel célibataire.

— J'avais le même discours et regarde où j'en suis maintenant, intervint Keir. Il faudrait que tu me laisses te tirer les cartes.

— Cours toujours, Dalglish, et laisse-nous d'abord célébrer ton propre mariage. Vive les mariés !

Sous les acclamations de leurs proches, Keir gratifia sa femme d'un autre baiser d'amour, puis la souleva dans ses bras à l'horizontale avant de clamer :

— Il est l'heure de faire ripaille, les amis ! Le château n'attend que nous !

Le couple ouvrit la marche en direction de la forteresse.

Grâce à ses relations, Keir avait eu la possibilité de louer cet endroit le temps d'une soirée pour satisfaire les fantasmes romanesques de Scarlett.

— J'ai l'impression d'être une reine et que tout cela est un rêve.

— Ouvre grand les yeux, *mo gràdh*. L'amour que je te donne et tout ce que tu vois font partie de la réalité.

— Et tout ce que je ne vois pas également.

Keir haussa un sourcil, ne comprenant pas où elle voulait en venir jusqu'à ce qu'elle apporte sa propre main à son ventre pour le caresser tendrement. Il suivit son geste et un éclat de perspicacité traversa son esprit.

L'ébahissement anima ses traits et le rire de Scarlett ruissela sur lui comme l'eau d'une rivière.

— Tu… tu es enceinte ?

— De six semaines.

— Oh mon Dieu… je sens qu'on va le créer vite ce clan.

Elle acquiesça, comblée, puis erra son regard sur le paysage nocturne qui ceignait le château. Bientôt, une lueur fantasmagorique, bleutée, sembla flotter au-dessus de l'eau du lac, parmi les nappes de brume qui brouillaient la netteté des éléments.

Intriguée, Scarlett se trémoussa un peu dans les bras de son mari, sans jamais quitter la lumière féerique des yeux.

— Keir, observe cette étincelle ! Qu'est-ce que c'est ?

— Mmm… ça pourrait bien être un feu follet… Mais je suis beaucoup plus fasciné par celui que je tiens entre les bras.

ÉPILOGUE

Beaufort, Caroline Du Sud, 3 janvier 2010

— Je vous le dis, les filles, avec une goutte de whisky dans leurs biberons, nos deux mioches ne vont plus avoir mal aux dents, lança Keir en direction de Livia et Scarlett, qui, assises à même le tapis du salon, tentaient de calmer leurs bébés en les berçant doucement.

— Je ne te laisserai pas enivrer ma fille, intervint la voix de Hudson, au moment où il investissait le salon avec deux biberons tièdes, qu'il tendit ensuite aux jeunes femmes.

Keir leva les yeux au ciel pendant qu'elles s'emparaient du goûter des bambins, avant de regarder à travers la fenêtre donnant sur Craven Street. Il guettait la venue de leurs deux autres acolytes, conviés au déjeuner dominical organisé par les époux Rowe.

— Il n'y a pas mieux que du whisky pour calmer et fortifier un bébé.

— On n'est plus au Moyen-Âge écossais, Keir, lâcha Scarlett alors qu'elle enfouissait la tétine du biberon dans la bouche de son fils, en même temps que Livia le faisait avec Luna.

— Les hommes de l'époque n'en sont pas morts, feu follet.

— Scarlett, si Keir parle de mettre du whisky dans le biberon de votre fils dès ses dix mois, attends-toi à ce qu'il l'initie aux Highland Games dès ses trois ans, ricana Hudson en prenant place aux côtés de son épouse, afin de l'aider à calmer leur fille, qui refusait de téter son biberon et continuait à larmoyer. *Pourquoi elle n'arrête pas de pleurer ? On devrait peut-être l'emmener aux urgences ?*

Si Keir ne semblait jamais s'inquiéter lorsque son fils geignait, prenant son rôle de père avec sang-froid, Hudson paniquait à chaque fois que sa progéniture versait une larme. La fillette était ce qu'il avait de plus précieux avec son épouse et l'un de ses râles était semblable à un coup d'aiguille dans le cœur. Heureusement que ce n'était pas Livia qui attendait un second enfant depuis cinq mois.

— On n'emmène pas un bébé aux urgences parce qu'il fait ses dents, rétorqua Keir, moqueur. Ils vont se calmer tôt ou tard.

La fin de sa phrase fut ponctuée par un sifflement admiratif quand il découvrit, dans la rue du quartier, un homme roulant en direction de la maison de Hudson sur une magnifique Harley Davidson XL 883 Sporster Iron, à la parure noire et aux détails chromés, qui ronronnait puissamment afin d'annoncer son arrivée. Keir ne connaissait qu'une seule personne pour se balader sur des engins aussi lustrés et puissants.

— Lex est arrivé. Et il s'est offert un superbe cadeau pour Noël ! s'exclama Keir en quittant la fenêtre.

Il se hâta vers la porte d'entrée et l'ouvrit, impatient de donner l'accolade à son autre frère d'armes. Lex venait de garer son nouveau jouet aux abords du trottoir et retirait son casque noir en découvrant son visage lorsque Keir le héla depuis le porche de la maison.

— J'y crois pas, Lenkov ! C'est un nouveau modèle, n'est-ce pas ?

— Oui, capitaine.

— Tu t'emmerdes pas.

— Je n'ai pas de gosse et de femme à nourrir, je peux encore me faire plaisir, rétorqua Lex sur un ton pince-sans-rire.

Il récupéra ensuite un sac en toile accroché à la manette de sa Harley Davidson, puis s'élança en direction de l'escalier menant au porche. Il s'imposa à Keir de toute sa hauteur, le dépassant d'une quinzaine de centimètres, que sa paire de Rangers allongeait, vêtu d'un jean et d'un blouson en cuir noir, sous lequel se devinait un t-shirt kaki de la U.S. Marine Corps.

— Tu m'as toujours énervé parce que tu étais le plus grand de nous quatre, lança Keir en lui donnant l'accolade, avant de l'inviter à entrer. Tu te laisses pousser les cheveux ?

Un centimètre de cheveux recouvrait désormais un crâne d'ordinaire rasé en finissant sur une pointe frontale. Lex avait une belle nature capillaire, épaisse, raide, d'un brun aussi intense que du chocolat glacé. Keir n'avait jamais compris pourquoi il se les tondait presque tout le temps.

— Ouais. John est déjà arrivé ?

— Non, tu es le premier.

Keir l'invita à pénétrer dans la maison et des braillements de bébés se firent percevoir jusque dans le vestibule. Sans même poser de question au jeune père, Lex constata en s'acheminant vers la salle de séjour :

— La pousse des dents est pénible pour eux.

— On a essayé tous les remèdes de grand-mère : les colliers d'ambre, les massages de la gencive avec un gant imbibé d'eau froide, les anneaux dentaires, l'homéopathie…

Hudson se redressa à la vue de Lex, le salua par une étreinte fraternelle, tandis que Livia et Scarlett lui envoyaient des baisers depuis leur emplacement, Luna et Bruce gesticulant entre leurs bras.

— Lex, tu ne peux pas les hypnotiser le temps d'une petite sieste ? lui glissa discrètement Hudson, violemment cerné comme s'il avait passé les dernières 48 heures en mission de reconnaissance dans la vallée de la Mort.

— Je vais essayer.

Lex ôta son veston de cuir, qu'il tendit au maître des lieux avec le sac en toile, avant de s'accroupir devant la paire de bébés. Sitôt que leurs petits yeux virent le visage fort et impressionnant de l'instructeur militaire, habitué à dompter même les plus récalcitrantes de ses recrues, les bambins s'arrêtèrent de pleurer en écarquillant leurs regards, semblables à deux proies happées par les prunelles flamboyantes et magnétiques du marine.

— Comment tu fais ça, Lex ?

Pour le connaître depuis quelques années déjà, Scarlett n'en demeura pas moins surprise par la façon dont son énergie imposait la quiétude. Bruce et Luna s'étaient subitement arrêtés de pleurnicher, un peu comme si on les avait débranchés d'une prise électrique.

Lex recouvrit de ses grandes paumes les crânes des bambins et murmura des paroles en russe que les mères définirent d'intelligibles. Au bout d'une poignée de secondes, les petites paupières se baissèrent et les enfants semblèrent captifs d'un sortilège dont seul le sergent-chef Lenkov avait le secret.

— Qu'est-ce que tu leur as fait ? souffla Livia, épatée de voir sa fille plongée dans ce qui ressemblait à un profond sommeil, son visage de poupon aussi détendu que celui de Bruce.

— Rien de spécial. J'ai seulement aspiré leurs maux en leur communiquant ma force. C'est un peu épuisant chez les enfants, c'est pourquoi ils se sont endormis aussi vite.

— Avoue que derrière ce masque de marine, tu es Merlin l'enchanteur, plaisanta Scarlett en se redressant pour installer son fils dans l'espace de jeu aménagé au cœur du salon, à l'attention des deux petits monstres en grenouillères et couches-culottes.

Là, elle le plaça sur le dos, contre un matelas moelleux, entouré d'une sentinelle de peluches et de coussins. Livia alla la rejoindre et en fit de même avec sa fille, tandis que Lex se redressait afin de se retourner vers ses amis.

— Il faudrait que tu m'apprennes à faire ça avec les femmes, lâcha Keir en décochant une œillade à son épouse. Scarlett aurait besoin d'être hypnotisée de temps en temps.

La rousse fusilla son mari par-dessus son épaule et s'apprêta à répliquer au moment où la sonnerie de l'entrée résonna dans le vestibule.

Les mères s'assurèrent que le tintement strident n'avait pas perturbé le sommeil de leurs bébés, alors que Hudson quittait le salon à vive allure pour ouvrir. Ce devait être John.

Tremblotante de nervosité sous son élégant trench-coat rouge cerise, une femme attendait devant l'entrée de la famille Rowe. Grande sur des escarpins aussi sémillants que son imperméable, le teint neigeux, la chevelure noire, taillée à la manière d'un carré ondulé avec une ravissante frange au-dessus d'un regard bleu azur, l'inconnue évoquait une Blanche-Neige urbaine et chic, l'air candide et les Sept Nains en moins.

Elle ne devait pas être très âgée, peut-être vingt-neuf ou trente ans, et semblait déterminée à obtenir quelque chose.

En ce mois de janvier, l'air carolinien était clément, très différent de ce que cette étrangère semblait connaître. Car, nul doute qu'elle venait d'ailleurs, quelque chose trahissait son exotisme. Peut-être son attitude, sa manière de dévorer le paysage comme si elle le voyait pour la première fois. Et c'était le cas. Dans la ville de Saint-Pétersbourg où elle était née, les palais étaient légion, la foule dense et le rythme trépidant, presque insupportable par rapport à la quiétude qu'elle flairait présentement... quant à l'hiver, il était glacial et déversait par milliard des flocons de neige pour ennoblir le paysage très romantique de l'ancienne capitale des Tsars.

Visiblement, la saison se vivait autrement en Caroline du Sud, à des degrés différents, dans un décor coloré où les marais, les chênes et les palmiers s'imposaient comme les maîtres de la région.

Un cliquetis de serrure se répercuta dans le corps de la jeune femme en la faisant sursauter.

Ce n'était plus le moment de tourner les talons et de prendre ses jambes à son cou.

L'instant suivant, le souffle coupé, elle vit la porte d'entrée céder à un grand homme brun, à la charpente de bûcheron, au regard aussi incisif et vert. Il avait beaucoup de prestance et au-delà de son air un peu austère, lui inspira aussitôt de la confiance et de la sympathie.

— Bonjour, la salua-t-il d'une voix profonde, non sans une once de surprise dans l'œil. Je peux vous aider ?

La jeune femme prit une inspiration.

Quand elle parla, sa voix chaude, soulignée d'inflexions toniques, n'en finit pas d'étonner son interlocuteur :

— Bonjour, monsieur. Je suis Xenia Protasova, une amie d'Alexeï Lenkov. On m'a dit que je pourrai le trouver ici. Je dois lui parler de toute urgence.

Une Russe.

À l'expression grave de l'inconnue, Hudson sut qu'elle ne plaisantait pas et d'un geste de la main, l'invita à pénétrer dans le vestibule avant de refermer la porte derrière lui.

— Suivez-moi.

La dénommée Xenia acquiesça d'un mince sourire et lui emboîta le pas jusqu'au salon chaleureux. Deux femmes, dont l'une enceinte de quelques mois, deux bébés endormis et deux hommes s'y trouvaient. Si les femmes et le blond à la balafre la remarquèrent en exprimant leur surprise, celui qu'elle cherchait lui tournait toujours le dos.

Sa silhouette était immense, identique à l'image qu'elle en gardait dans ses souvenirs.

— Lenkov, une dame répondant au nom de Xenia Protasova est venue te voir, annonça cérémonieusement Hudson. Tu la connais ?

Soudain, les muscles dorsaux de Lex semblèrent se tendre, comme à l'approche d'un danger. Il tourna lentement sur ses talons, la tête en feu, la mâchoire serrée, puis son regard confronta celui de Xenia.

Un silence hivernal vint épaissir l'atmosphère.

Impossible !

On se demandait qui parlerait le premier quand, desserrant ses belles lèvres fardées de rouge, la dénommée Xenia décocha en langue russe :

— J'ai dit adieu à mon ancienne vie, Alexeï. Je ne peux plus vivre sans toi.

Vous avez aimé votre lecture ?
Découvrez les autres romans des éditions So Romance
disponibles en format papier et numérique.

AUTUMN
Tome 1 : Mon cœur s'ouvre à toi
Lorsque le lieutenant Jay Ransom retourne dans l'État du Vermont, il ne s'attend pas à être aspergé de peinture rose par Autumn Hensley en guise de bienvenue. Frappée de mutisme, la jeune femme fréquente peu de gens. Irrépressiblement attiré par cette personnalité atypique, Jay s'impose avec panache dans l'univers d'Autumn et libère à son contact une part de lui-même jusqu'ici inexplorée. Mais le métier du militaire parviendra-t-il à protéger leur histoire de tous les dangers ?

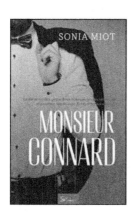

Monsieur Connard
Corentin Connard est spécialiste en séparation amoureuse. Ce jeune patron passe ses journées à briser des couples et ses soirées devant sa console de jeux. Fan incontesté de jeux vidéo, il joue avec la dénommée Éphémère2. Seulement, le jour où sa meilleure employée décide de remuer son quotidien morose, rien ne va plus. Le cœur tiraillé entre les deux femmes, Corentin devra faire un choix. Et si le destin en avait décidé autrement ?

Pour en savoir plus
www.soromance.com

© Éditions So Romance, 2019 pour la présente édition

Lemaitre Publishing
159, Avenue de la Couronne
1050, Bruxelles

www.soromance.com

ISBN : 9782390450368
D/2019/14.771/09

Maquette de couverture : Philippe Dieu
Photo : © ekhphoto

Printed in Great Britain
by Amazon